KB178181

어쩌다 좀비시대

어쩌다 좀비시대

어쩌다 좀비시대

어쩌다 존비시대

초판발행 2022년 01월 03일

지 은 이 강현만
펴 낸 이 강현만
펴 낸 곳 덤이
출판등록 2021. 06. 16.(제2021-000022호)
주   소 01463)서울시 도봉구 도봉로104길 130, 제103호
전   화 010-7925-2058
이 메 일 kanghm21@hanmail.net

ISBN 979-11-975097-3-5
값 9,200원

* 이 채은 '덤'의 서사를 따라 기술하는 측면이 있다.

강현만

전북 고창초중고를 졸업했다. 장로회신학대学에 다니면서 기독학생운
동(현대교회)과 학생운동, 노동운동, 진보정당운동(민주노동당, 진보
신당, 통합진보당, 정의당)을 했다. 2014년 4월 정의당을 탈당한 이
후 당적이 없다. (사)시민과미래에서 민주시민교육 활동을 하고 있
다. 촛불혁명을 거치면서 주민이 직접 정치(통치, 자치)하는 직접민
주주의(민회, 주민자치) 운동에 관심을 기울이고 있다. 선거는 귀족
제, 자본제다. 대의제 선거의 가짜민주주의 놀음을 종식할 때가 되었
다. 추첨제, 보충성, 연방제(네트워크)는 주권자 국민의 직접민주주의
기본원칙이다.

위선과 가식, 내로남불에 짱돌을 날리자

차례

12 ・ 들어가며

16 ・ 거꾸로 뒤집기
19 ・ 소외된 삶의 뿌리를 찾아서
22 ・ 천국・극락・사회주의・공산주의
25 ・ 민민투, 자민투 그리고 NL과 PD
29 ・ 민중의 자주성이 완전히 실현되는 그날을 위해 투쟁하리라
32 ・ 종교, 민족, 국가, 주의 그 무엇도 인민 위에 놓일 수 없다

35 ・ 황금보기를 돌 같이
38 ・ 공직자를 하지 마라
41 ・ 좀비주의, 좀비공화국, 좀비시대

45 ・ 존칭과 경어사용
47 ・ 나이 그리고 반말과 존댓말
49 ・ 지배자(계급)의 언어
52 ・ 사대주의에 오염된 언어

55 ・ 노동운동
58 ・ 안산지역 노조운동의 현황과 과제
67 ・ 1994년에서 2022년으로
69 ・ 학교 노동현장의 소외
74 ・ 망국이라는 출산절벽, 인구절벽 유감
77 ・ 구조 조정, 빅딜, 그리고 함께 울고 웃자
82 ・ 새는 건강한 몸통이 있어야 난다는데

89 · 민주노동당 분당

92 · 인민의 지향과 염원이 우선이다

96 · 진보진영에 내일은 있는가?

98 · 추첨제를 매개로 진보진영대통합에 나서자

101 · 진보대통합에 나서지 않는 자는 인민을 배신하는 행위

103 · 민주시민교육

108 · 직접민주주의

112 · 주민자치회 더디지만 변화와 희망을 그리다

116 · 민회

119 · 노조, 시민단체 등 추첨제를 실현하자

121 · 천박한 도시 서울공화국 해체

126 · 학교는 놀이터

128 · 사랑하는 아들 준에게

131 · 아빠는 여러분의 투쟁을 지지

134 · 쉽지 않은 정답

136 · 철들다

138 · 나가며

들어가며

시장은 사람 냄새가 난다. 그래서 좋다. 사람 냄새가 나는 시장은 인심을 느낄 수 있다. 웃는 얼굴과 노동으로 단련된 손은 '덤'으로 표현되기도 한다. 하루 장사가 마감되는 시간이면 덤은 '떨이'로 통 크게 드러나기도 한다.

아름답고 소중한 10대를 보냈다. 물질적으로 부족하고 가난했지만 10대는 사람 냄새가 진하게 나는 삶이었다. 친구와 이웃의 정을 풍성하게 나눌 수 있었다. 그리고 시작된 군사독재에서 대학생활은 다를 수밖에 없었다. 초중고 12년의 교육을 깡그리 엎어야 했다. 반항아, 저항하는 자로 살기를 결의했다. 흐르는 물처럼 귀한 육체적 생명으로서 가치를 넘어 사회정치적 생명을 가지고 살아가는 소중하고 존엄한 존재임을 인식하고 투쟁하는 생활이 되었다.

5.18광주민중항쟁 그리고 전태일의 삶과 죽음으로부터 갑오동학농민전쟁과 항일독립투쟁, 해방과 전쟁 등 역사인식은 세상을 다르게 만들었다. 철학과 세계 각국의 해방운동사는 내가 어떻게 살고 있는 것이며, 살아야 하는지 물었다. 사상의식은 민의 입장과 관점을 가지고 투쟁하게 만들었다.

군사독재와 자본가, 외세와 분단에 맞선 투쟁에 너무나 많은 사람들이 죽었다. 폭력과 고문은 일상이었다. 박관현 열사, 윤상원 열사, 박종만 열사, 김세진·이재호 열사, 박혜정 열사, 박영진 열사, 박종철 열사, 이한열 열사, 조성만 열사, 이남종 열사, 스님 정원 열사, 조영삼 열사 등 셀 수 없이 죽어간 목숨 위에 살고 있다. 너무도 귀하고 소중한 생명이 사라지고 사라졌다.

그렇다. 그렇게 나는 '덤'이 되고 있었다.

물론 지금껏 살고 있으며 나는 '덤'으로서 그 이상을 다하지 못하고 있다. 운동을 하면서 누구나 한 번쯤은 목숨을 던져 투쟁해야하는 상황을 경험할 수 있다. 그 자리에 열사를 비롯해 수많은 목숨이 자리하고 있다. 그렇게 나는 지금을 살고 있다. 덤의 나이테만 쌓고 있다.

부끄럼과 염치를 모르는 자들이 판을 치는 세태가 되었다. 자주민주통일은 의미 없는 구호가 되었고, 노동자, 농민, 서민의 해방은 586정치꾼과 지식나부랭이들의 출세와 기득권을 위한 수단이 되었다. 젊은 날 인생의 한철을 팔아서 돈과 권력을 쌓는 기득권이 되었다. 지배계급으로 변신한 그들에게서 보이는 모습은 기존의 자본과 권력의 모습과 차이가 드러나지 않았다. 위선과 가식은 일상이 되었고, 빠좀비는 충실한 도구이자 부대가 되어 주었다.

수백 수천이 희생당한 5.18영령과 전태일을 비롯한 열사들 목숨으로 돈과 권력의 성을 쌓고 있다. 친일친미매국노와 독재세력은 이들에게 위안과 영화가 된다. 언제든 팔 수 있는 약이 됐다. 그렇게 돈과 권력을 쫓는 적대적인 척 공생관계가 되고 있다. 가오는 대중을 속이는 것으로, 돈과 권력은 필수가 된 새로운 적폐세력이 되었다.

인공지능, 4차 산업혁명은 귀족정이며 자본제인 대의제 선거라는 가짜민주주의 체제를 끝낼 수 있는 시대와 조건을 만들어내고 있다. 완벽한 주권재민, 추첨제 직접민주주의를 요구하고 있다.

위선과 가식의 내로남불 앞에 부끄러움과 염치를 그리자. 운동은 돈과 권력이 아니다. '덤'이 가질 것은 시대와 민중의 요구다. 시대와 민중의 요구는 역사이자 인생의 가치다. 자연과 이웃이 있고, 함께 하는 친구와 동지가 있기에 버티고 있다. 수많은 열사의 목숨과 셀 수 없는 민중의 생명을 먹고사는 생명이다. 덤이다. 살아있는 생명은 역사의식으로서 존엄과 가치를 노래해야 한다.

책이 마무리되는 시점에 문재인 대통령이 박근혜를 사면복권했다. 문재인은 촛불도 대중의 저항에 편승해서 막차를 탔다. 박근혜 퇴임도 만들어주기 위해 애를 쓰다가 국민적 저항에 끌려갔었다. 그런 문재인이기에 새삼스럽지 않을 수 있다. 그러나 문재인이 뭐라고 함부로 박근혜 사면복권을 시키는가?

2016년 12월 11일 문재인은 새로운 대한민국을 위한 국가 대청소 6대 과제를 발표했다. 1. 부정부패로 축재한 재산몰수 및 지위 박탈 2. 기득권이 사유화한 공권력과 제도를 바로잡아 국민에게로 환수 3. 독재의 산물인 정경유착 엄중 처벌 후 경제민주화로 재벌개혁 4. 국정농단 공범인 권력기관 색출, 책임자 문책, 법과 제도를 정비 후 개조 5. 언론을 장악하여 농단한 책임자들을 조사 및 처벌 후 언론의 자기개혁 6. 세월호 참사의 진실을 파헤쳐야 이외에도 많은 공약을 발표했었다.

촛불혁명의 정신을 철저히 짓밟고 임기 말에 겨우 하는 행위가 촛불국민 가슴에 불을 지르는 것인가? 세월호 아이들에게 고맙다는 말은 진실이었다. 정말 끔찍한 좀비시대의 막장이다.

거꾸로 뒤집기

우리는 세상을 뒤집어 봐야 한다. 알고 있는 모든 것들에 물음을 던지는 노력이 필요하다. 피지배계급에 놓인 자라면 세상의 모든 것에 의심해야 한다. 뒤집어 봐야 한다. 세상은 자본과 권력에 철저히 맞춰져 있다. 지배계급은 지배계급의 지속과 강화를 위해 철저히 지배이념으로 포장한다. 노동자는 불평등 세상을 평등 세상으로 만드는 본원적 책임이 있다. 피지배계급에 놓인 자라면 계급이 없는 사회를 만들어야 할 역사적 책임이 있다.

지배자(자본가)는 본성을 쉽사리 드러내지 않는다. 늘 여유와 미소를 흘리고 다닌다. 지배계급에 위치하고 있는 자는 항상 여유가 넘치고 너그러운 품을 자랑하고 다닌다. 자본가, 지배계급의 일상은 늘 넘친다. 모든 것이 풍족하다. 아쉬울 것이 없다. 고로 그들에게서 불량스럽고 막되 먹은 짓을 보기는 쉽지 않다. 고상하고 교양 있는 척하는 일상이 자연스럽게 몸에 배어 있다. 반대로 노동자는 지지리 궁상이다. 경제적 곤궁과 피폐는 느긋하거나 여유로울 수 없는 일상이다. 하루를 일해서 하루를 살아가는 피지배계급의 사람들이 쉬이 아름다운 모습을 보여주기 어렵다. 달동네의 삶은 아침부터 저녁까지 치고 박는 전쟁터다. 이들은 정치사회적으로도 철저히 소외되고 있다. 고단한 삶에서 고상한 척 인간애를 보여주라고 하는 일은 대단히 고약한 요구다.

물론 제국주의 국가의 노동자계급은 3세계 국가의 노동자와 다른 위치에 놓여 있다. 인공지능, 4차 산업혁명은 노동자, 피지배계급에 분화를 낳고 있다. 20세기까지 이어지던 자본주의에 있어서 노동자와 자본가라는 계급대립에 양적, 질적 변화를 초래하고 있다. 세계

16

경제의 주요자본은 인터넷(인공지능), 플랫폼 등 기업이 차지하고 있다. 애플, 아마존, 구글, 마이크로소프트, 페이스북 등 19~20세기 굴뚝기업이 아니다. 한국도 카카오, 네이버, 쿠팡 등 새로운 기업의 도약이 놀라운 상황이다.

소외된 삶의 뿌리는 21세기에도 진행형이다. 대부분의 노동자는 6411의 버스에 몸을 싣고 있다. 자가용을 타고 출근을 하든, 연봉 1억을 받든 노동자는 죽어라 일을 한다. 일하는 노동자는 쉽지 않다. 소상공인, 자영업자 등 피지배계급에 놓인 사람들은 매우 열심히 일을 하고 있다. 그러나 세상은 여전히 불평등과 차별의 소외를 벗어나지 못하고 있다.

한국은 자살공화국이다. 하루 40명의 사람들이 매일 죽고 있다. 산재공화국이기도 하다. 매일 7명의 노동자가 일터에서 집에 돌아오지 못하고 있다. 사람 사는 세상이라고 말할 수 없다. 세상은 헬조선이라고 한다. 그때그때 계속해서 말이 바뀌는 코로나 사기가 아니라 자살과 산재로 죽는 목숨에 대해 아침부터 저녁까지 1년 사계절 방송을 해야 정상적인 국가이고 사회다.

지배와 피지배, 자본가와 노동자, 제국주의와 3세계국가 등 체제가 가지고 있는 근본적인 질문에 훈련을 게을리 하지 말아야 한다. 내가 서 있는 존재에 대한 물음과 어느 입장과 관점을 가지고 세상을 바라볼 것인지 생각하는 노력이 필요하다.

국가의 주인이고 권력의 주인이라면 주인으로서 자아에 게으르지 않아야 한다. 피폐한 일상의 고단함을 너머서는 노력을 해야 한다.

주인의 권력을 위임받은 대통령은 왜 청와대를 왕처럼 소유하고 있어야 하는가? 국회와 사법부 등 그들은 무슨 권한으로 부귀를 독점하고 있는가? 시장, 구청장, 군수 등 지자체장은 왜 그리도 넓은 사무실을 유지해야 하는가? 누구 말마따나 주권자 주인의 머슴이라는 자들의 사무실은 왜 그리도 넓어야 하는가?

학교의 교장실은 그리 크고 넓어야 하나? 좁은 주민센터에 동장실도 꼭 그렇게 넓은 면적을 차지하고 있어야 하는가? 국민의 세금으로 운영되는 모든 기관의 장들은 잠자리 쉼터에 샤워실까지 왜 그렇게 넓은 공간을 차지하고 있어야 하는가?

똑같은 공간에서 왜 구성원들은 형편없는 공간에 놓여야 하는가? 제대로 쉬지도 못하고 더위에 죽어야 하고 추위에 벌벌 떨어야 하는가?

세상에 당연한 것은 없다. 그 맛에 대통령을 한다고, 그 맛에 지자체장을 하고 학교장을 한다고, 그 따위 권력놀음에 돌을 던져야 한다.

자본과 권력을 당위로 설교하고 고정하려고 하는 세상의 모든 것들은 지배 권력의 주구에 지나지 않는다. 세상의 모든 것은 거꾸로 바라볼 수 있어야 한다. 세상은 뒤집어야 한다. 엎어야 한다.

소외된 삶의 뿌리를 찾아서

철학에세이, 자본주의의 구조와 발전, 소외된 삶의 뿌리를 찾아서
는 80년대 대학 1,2학년이면 누구나 읽다시피 한 책이었다. 우리가
살고 있는 사회와 세계에 대해 쉽게 이해할 수 있게 했다. 21세기
지금도 교양도서로서 의의가 크다.

정인(훗날 황광우)이라는 이름으로 쓰인 소외된 삶의 뿌리를 찾
아서, 들어라 역사의 외침을, 뗏목을 이고 가는 사람들 등은 군사독
재 시대에 사회적 모순과 계급적 대립을 분명하게 드러냈다. 소외된
삶의 뿌리를 찾아서는 부유한 자와 가난한 자의 삶의 대비를 통해
인간이 가난하게 살 수밖에 없는 구조적 모순을 선명하게 드러냈다.
하루 12시간 일주일에 6-70시간을 죽어라 일하는데도 왜 노동자는
가난한가? 열심히 일하는 우리 어머니, 아버지는 왜 가난에서 벗어
나지 못하는가? 왜 있는 놈들은 놀면서도 셀 수조차 없는 부를 쌓고
있는가? 등등의 의문에 대해 알기 쉽게 설명을 했다. 이 책에는 노
동자의 수기와 노동자의 시, 농민, 빈민의 글, 운전사의 증언, 만화
가의 그림 등 1980년대를 어렵게 살아낸 이들의 생생한 증언과 기
록이 담겨있다. 또한 자본과 권력의 추악한 일상과 부를 기록하고
있다. 지금도 마찬가지지만 없는 자들이 있는 자들의 부를 알지 못
한다. 알아도 당장의 목구멍을 채워야하기에 자본과 권력의 추악한
부의 놀음에 한눈 팔 시간이 없다. 어쩌면 자본과 권력이 던져준 뼈
다귀에 그저 감사하면서 살고 있는지도 모를 일이다.

2021년 부동산 한 평의 값이 1억을 넘고 있다. 20평, 30평의 아
파트가 20억, 30억을 넘는다 귀신 씐나락 까는 소리도 아니고 도무
지 이해하기도, 도통 알 수도 없는 미친 소리가 천지사방이다. 수십

수백억 집을 대놓고 자랑하는 TV의 모습은 태연하다. 은행권에 10억 이상의 현찰에 총자산 100억 이상, 연봉 3억 이상이 넘으면 2021년 한국의 부자라고 부자들 스스로가 생각하고 있다.

중위소득이 있다. 중위소득은 줄 세워서 중간에 해당하는 가구의 소득이다. 2021년 1인 가구 중위소득은 월 1,827,831원이다. 2인 가구는 3,088,079원, 3인 가구는 3,983,950원, 4인 가구는 4,876,290원, 5인 가구는 5,757,373원이다. 기초생활수급자는 이 중위소득에서 30%이하는 생계급여, 40%이하 의료급여, 45%이하 주거급여, 50%이하는 교육급여 대상자로 기초수급자 대상이 되며 각각의 지원을 받을 있다.

토마피케티의 사회불평등을 나타내는 베타값에 따르면 한국은 9에 이르고 있다. 프랑스 혁명기였던 레미제라블 시대가 7.5였다고 한다. 한국사회는 엄청난 불평등 사회다. 세계 최고의 불평등 국가임에도 불구하고 혁명봉기의 소리는 높지 않다. 헬조선은 갈수록 심화되고 있다. 불평등 헬조선에서 가난한 자들은 소리 소문 없이 죽어나간다. 청소년, 노인 자살률 1위, 산재사망률 1위 등 한국사회에서 매일 전해지는 죽음은 이미 뉴스도 아니다. 지옥이 된 한국사회의 문을 열어젖힐 어떤 희망도 전망도 꿈도 보이지 않는다. 한때나마 양심의 소리에 귀 기울였던 지식인들은 게걸스러운 돈 버러지, 권력 언저리에 불나방이 되어 있다. 분단의 고착화는 갈수록 두꺼운 벽을 쌓고 있다. 외세의 꼬붕은 벗어날 기미가 보이지 않는다. 작은 희망이 되어야 할 진보진영조차 갈라져 알량한 권력을 차지하기 여념이 없다.

소외된 삶은 일상이다. 소외되지 않으려고 발버둥 치다가 떨어져 죽고 만다. 신자유주의라 불리는 자본주의 이념은 모든 사람을 '부자 되세요'의 노예로 묶어세우는데 성공했다. 정의와 평등을 노래하는 진보진영조차 돈이 있고 없음으로 바라보는 시선과 분위기는 불편한 느낌을 지울 수 없다.

소외된 삶의 뿌리는 동트기 전에 6114번 버스를 타고 해가 저물어 집에 가는 노동에도 왜 가난이 계속되는가에 질문할 수 있어야 한다. 수백 수천 조의 1년 수입을 당연하게 여기는 시선과 인식에 재를 뿌리고 태워버려야 한다. 왜 우리는 더불어 잘사는 공동체를 만들 수 없는지 물어야 한다. 물질이 전부가 아닌 인간본연의 소중한 나눔과 정, 연대의 가치를 나누고 묶어세울 수 있어야 한다.

자본(돈)이 주인 되는 사회는 결코 인간세상이 될 수 없다. 홍익인간, 인내천, 주권자, 인민 한 사람 한 사람이 주인 되는 사회가 사람 사는 세상이다.

천국·극락·사회주의·공산주의

　　나는 예수의 면류관, 십자가를 짊어진 삶을 쫓아서 신학대를 갔다. 10대는 세상의 모든 것에 예민하다. 10대는 정의롭고 새것에 적극적이다. 집안은 가난했지만 나는 특별히 부족함을 느끼지 못하고 밝은 초중을 보냈다. 물론 어릴 적부터 남들과 다른 신체상의 특이로부터 내성적이고 부끄러움을 가지는 고민과 슬픔은 어쩔 수 없는 한계였다. 고등학생이 되면서 세상은 달라졌다. 가난한 집의 현실은 세상의 관계로부터 피부에 닿게 했다. 세상이 주는 가난의 새김에도 불구하고 나는 다른 길과 방향을 찾았다.

　　초등학교 시절에 아버지가 사 온 계몽사 위인전과 소설집의 영향이 나를 그리 만들었지 않나 싶다. 중학교에서 고등학교로 넘어가는 시기는 세상의 유혹으로부터 자유롭지 않았다. 끓어 넘치는 혈기는 물불을 가리지 않는 경향을 가지기도 했다. 담배, 술, 여자, 싸움 등 학생이라는 신분을 뛰어넘는 벽과 부딪쳐야 했다. 나는 선한 위인의 삶을 꿈꾸고 지향했다. 종교는 나에게 인간의 나약함의 발로일 뿐이라고 주장하는 것이었다. 그랬던 나에게 10대 사춘기의 벽은 어려웠고, 교회를 찾게 했다. 종교에 대한 부정이 컸던 만큼 한 번 발을 들여놓은 교회는 그만큼 열성적으로 드러났다.

　　충과 효, 선한 삶을 꿈꾸고 지향했던 나에게 있어서 예수와 하나님은 선한 삶을 살기 위한 십자가의 길이었고 몫이었다. 가시면류관은 교회의 궁극이었고 신학생이 가야할 삶의 길은 우리의 이웃이고 대중이었다. 그 이웃과 대중은 자본주의에서 노동자, 농민의 피지배계급이었다.

　　하느님 앞에 모든 인간은 다를 수 없다. 홍익인간, 인내천은 세상의 인간으로서 본성이었다. 그러나 현실은 자본의 집중에 따른 부의 독점과 소외를 낳았다. 독재는 자본독재를 심화시키는 폭력으로 작용했다. 하느님과 예수를 쫓는 선한 삶은 자연스럽게 시대의 모순에 맞서는 삶, 운동으로 흐르고 드러났다. 운동은 하느님과 가시면류관으로서 예수의 삶을 구체화했다. 운동을 통해서 세상을 바꾸는 일은 예수의 십자가이고 하느님의 삶이었다. 그 삶은 이론일 수 없다. 십자가 삶은 인생이고, 인생의 길목 길목에서 현장이고 실천이었다.

운동은 하느님과 예수의 삶을 사는 구체성이었다. 술자리에서 진하게 통한 논쟁과 화려한 노래와 구호는 화장실에서 맞닥트렸다. 화장실은 취했다. 취한 화장실에 하느님의 나라 천국은 비틀거렸다. 쉽지 않은 시간이었고 공간이었다. 운동은 하느님을 부정하는 철학이었다. 세상은 신에 의해 만들어진 것이 아니었다. 관념론이 아니었다. 그 충돌은 술 취한 화장실에서 휘청거리지 않을 수 없었다. 하느님을 찾고 예수를 찾는 목소리는 사랑이었다. 사랑은 이웃이고 가난한 자였으며 서민대중이었다. 자본주의는 피지배계급으로 노동자, 농민, 서민이었다.

신학대를 찾은 신학생들에게 있어서 운동을 하는 일은 쉬운 일이 아니었다. 선한 삶과 정의로운 삶을 살고자 하는 신학생이 운동에 관심을 갖는 일은 너무 자연스러웠다. 그러나 운동을 하는데 있어서 학습과정은 철학에 있어서 유물론이었다. 하느님을 버려야 했다. 철학사상적 문제를 뛰어 넘어도 어려움은 끝나지 않았다. 군사독재정권에 맞서는 운동은 독재의 폭력과 고문, 구속을 각오해야 했다. 대학 1학년에서 학년이 올라갈수록 운동의 대오에서 이탈하는 사람들이 많아지는 것은 현실이었다.

천국도 극락도 사회주의공산주의도 결국은 해방된 사람세상을 지향했다. 하느님은 인간이고 예수는 인간으로 드러났다. 자본과 권력으로부터 억압받는 인간세상은 결코 하느님과 예수가 바라는 세상일 수 없었다. 하느님을 믿느냐 믿지 않느냐 하는 말의 유무가 하느님의 공의와 예수의 정의를 가릴 수는 없다. 세상의 모든 것이고 궁극이라는 하느님과 예수를 형편없는 좁쌀로 만들 수 없다. 현재 내가 살고 있는 세상에서 더불어 사는 사람들과 함께 하는 것이야말로 진정한 하느님의 말씀이자 진리이다. 그 길은 예수가 걸었던 가시면류관이고 십자가의 길이었다. 자본과 군사독재정권에 맞서 투쟁하는 삶은 사회적 약자와 피지배계급의 해방을 돌보는 길이었다.

자유민주주의 탈을 쓴 자본주의는 경제적불평등과 소외로부터 해방되는 세상으로서 사회주의, 공산주의에 악마의 이미지를 끊임없이 덧칠하고 재생산한다. 사회주의는 일한만큼 모두가 누리고 행복할 수 있는 사회체제다. 공산주의는 말 그대로 천국이다. 사회주의, 공산주의는 자본주의라는 생산양식을 발판으로 한다. 자본주의는 자본이 주인이다. 인간을 철저히 소외시킨다. 그렇다고 생산양식의 체제는 뛰어 넘는다고 넘어갈 수 있는 것이 아니다. 알아도 몰라도 자본주의 과정을 밟아야 한다. 해방된 세상은 물질문명의 발전을 수반한다. 문제는 자본이 주인으로 군림하면서 인간을 소외시키는 그 자본주의 체제를 언제까지 가져갈 것이냐 하는 지점에 있다. 그 길목에 온전히 그 체제를 살아가는 인간의 몫이 있다. 저항과 투쟁이 있다.

하느님, 예수의 심부름꾼으로 살겠다고 하는 삶은 해방에 있다. 해방은 모든 억압과 구속, 소외와 차별에 맞서는 일이고 투쟁일 수밖에 없다. 가장 선하게 살고자 하는 삶은 세상의 모든 억압과 구속, 폭력과 고문, 차별과 죽음에 맞서는 일이었다.

민민투, 자민투 그리고 NL과 PD

5·3인천민주항쟁은 1986년 5월3일 신한민주당의 개헌추진인천지부결성대회에 자민투, 민민투를 비롯한 서울, 경기, 인천지역 대학의 학생운동 그룹과 서노련, 인노련, 인사련, 인기노련, 인로협, 민통련 등 노동, 사회, 기독교 계열의 다양한 운동권이 집결했으며 수만 명의 노동자, 학생, 재야단체, 시민들이 총집결해 투쟁하는 공간이 되었다. 집회 참가자들은 신민당은 재벌, 미제와 결탁한 기회주의집단이라고 비난했다. 파쇼 타도와 삼민헌법, 민주정부 수립과 민주헌법 쟁취 등 각계각층의 다양한 요구들이 쏟아졌다.

우리도 사전에 인천투쟁에 대한 방침을 전달 받았다. 주안역 시민회관 앞은 수많은 깃발이 물결치고 있었다. 4월 28일에 서울 신림사거리에서 전방입소반대 투쟁을 하던 김세진, 이재호 열사가 분신을 하자 김대중과 김영삼은 "소수 학생들의 반미, 용공, 과격 시위를 반대한다"라는 성명을 발표했다. 신민당 총재였던 이민우는 전두환과 기만적인 야합을 하고 "소수이겠지만 좌익학생들을 단호히 다스려야 하며 민주화운동에 이런 사람들이 끼어서는 안 된다"라고 민주화운동진영을 매도하였다. 이에 학생운동과 재야민주화운동의 연합조직인 민주통일민중운동연합(민통련)은 신민당을 강력히 비난했다.

경찰의 강경진압으로 당일에만 총 319명이 연행되고 129명이 소요죄로 구속되었다. 연행된 사람들은 엄청난 구타와 고문을 당했다. 서노련과 인노련을 포함해 60여 명이 지명수배를 받았다. 6월4일 경찰관 문귀동은 권인숙을 성적으로 추행하는 '부천경찰서 성고문 사건'이 일어났다. 5·3인천투쟁은 뒤이어 일어난 박종철 고문치사 사건과 4.13 호헌조치와 맞물려 6월 항쟁의 발단이 된다.

우리는 시민회관 사거리에서 주안역, 석바위역, 동인천역까지 투쟁을 이어갔다. 전철역은 짱돌과 최루탄이 부딪쳤고 역전의 유리는 무수히 깨졌다. 이런 투쟁의 과정에서 함께 갔던 많은 수가 현장에서 연행되고 구속되었다. 구속을 피한 사람은 수배가 되었다. 당시에 우리는 민민투였다.

전두환 군사독재는 살벌했던 무단탄압국면에서 1984년에 들어서 유화국면을 조성했다. 1985년 2·12 총선에서 야당인 김대중과 김영삼이 이끌던 신민당이 돌풍을 일으켰다. 학생운동의 열기는 고조되었으며 조직은 확대되었다. 1985년 4월 전국 대학생들의 대표조직인 전국학생총연합(전학련)이 발족했다. 그 산하에 3민(민족통일·민주쟁취·민중해방) 이념의 구현을 행동목표로 하는 상설 투쟁체로 '민족통일민주쟁취민중해방투쟁위원회'(삼민투쟁위원회)가 결성됐다. 전국의 많은 대학 속속 삼민투 조직이 만들어졌다. 삼민투는 5월 23일 '광주학살원흉처단투쟁위원회' 소속의 서울대, 고려대, 서강대 등 학생 73명이 서울 미국문화원을 점거하고 광주학살 진상 규명과 미국의 사과를 요구하며 72시간 동안 농성을 벌였다. 삼민투는 조직의 분화를 거치면서 1986년 '반제반파쇼 민족민주 투쟁위원회'(민민투)와 '반미자주화 반파쇼민주화 투쟁위원회'(자민투)로 전화되었다.

민민투는 5월께 제헌의회소집투쟁을 제기하면서 제헌의회그룹(CA 그룹)을 형성했다. 직선제 개헌을 슬로건으로 하고 있던 NL과 다르게 '파쇼하의 개헌 반대, 혁명으로 제헌의회 소집'을 내걸고, 개량적 자유주의 부르주아지를 대표한다며 신민당을 비판하고 민민투를 지도하며 반파쇼 투쟁을 수행했다. CA는 이후 노동해방투쟁동맹(노해동)이라는 조직으로, 나중에는 사회주의노동자동맹(사노맹)이라는 조직으로 계승된다.

26

자민투는 투쟁의 주적을 미제국주의로 놓았다. 조국통일촉진투쟁을 주요하게 설정했다. 투쟁의 주체세력은 노동자·농민뿐만 아니라 소부르주아, 민족부르주아, 애국적 군인들, 그리고 신민당, 민주화추진협의회 등 보수파와도 제휴해야 한다는 입장이었다. 자민투는 NLPDR의 혁명노선을 내세웠다.

자민투와 민민투, 즉 NL-CA는 사회구성체 논쟁을 통해 NL은 '식민지반봉건사회'(식반론)을, CA는 '신식민지국가독점자본주의론'(신식국독자론)을 주장했다. NL-CA 구도는 1987년 대통령 선거를 거쳐 노태우 정권이 출범한 이후 NL-PD로 다시금 분화됐다. PD는 CA가 러시아 혁명을 기계적으로 적용했고 한국의 독점자본주의 발달 및 제2차 세계대전 뒤 신식민지에서의 변혁운동 경험 등을 무시했다는 점을 비판하며 새롭게 형성됐다. 이 시기 이후 각 그룹은 '정파'라는 이름의 많은 조직들을 잉태하면서도 크게는 NL(자주파)과 PD(평등파)로 불리게 되었다.

5.3인천투쟁과 여름을 거치면서 학내는 민민투였다. 수배구속을 거치고 나왔을 때 학교는 자민투로 바뀌어 있었다. 5.3인천투쟁을 거치면서 학교 3,4학년의 많은 수가 구속, 수배되었다. 10.28건국대 '전국반외세반독재애국학생투쟁연합'(애학투련)의 투쟁을 통해서 1,2학년이 대거 구속되었다. 신학대학은 전체 학생 수가 많지 않았다. 두 사건을 거치면서 각각 20명 내외의 구속자가 발생했다.

나는 집행유예로 석방되고 일주일 만에 MT를 하던 동료후배들과 연행되었다. 공안세력은 잠자고 있던 새벽에 우당탕 뛰어 들었다. 집행유예 기간이라 몇 년을 살겠구나 하는 포기의 마음이 들었다. 지금도 알 수 없지만 공안기관이 말하는 다수의 불온서적을 소지했음에도 불구하고 수사만 받고 풀려났다. 우리는 NL이 되었다. 주체사상도 문제가 되지 않았다.

한국사회변혁의 최대 걸림돌이 된 NL과 PD가 이렇게 시작되었다. 3~40년이 지난 지금도 이들은 분열과 대립을 강화하고 있다. 물론 민주노동당과 통합진보당이라는 단결의 과정도 있었지만 각각의 정파가 가지는 탐욕과 패권주의는 지금 시점에서 도저히 합치기 어려운 장애로 작용하고 있다. 일찍부터 보수정당에 똬리를 틀고 돈과 권력의 기득권이 된 민주당586은 이 글의 서술에서 논의의 가치가 없는 제외다.

과거의 화려한 논쟁과 투쟁은 뒤로하고 지금에도 상처와 갈등, 분열을 반목하는 진보진영의 모습에서 진정으로 인민의 이익을 최우선으로 하는지 묻지 않을 수 없다. 어쩌면 노동자, 농민, 서민의 이름을 앞세우면서 정파 패권주의에 사로잡혀 있는 무뢰배는 아닌지 알 수 없다.

민중의 자주성이 완전히 실현되는 그날을 위해 투쟁하리라

"식민지 사회에서는 단 한 사람도 자유롭지 못하다고"

어느 시인은 말하였다. 지난 세월 몸 담았던 대학생활 · 학생운동에서 체각하게 된 실체이다. 어쩌면 뭘 모르고 지냈던 지난 시절이 못내 상서로움으로 겹치어 지나기도 한다. 사람이 주인 되고, 사람에게 필요, 복무되어져야 할 자연과 사회의 역사발전 법칙에 대해 인식하고 자주적 사상의식으로 목적성을 행하게 된데 대하여 무한한 자부심과 존귀함을 갖는다.

대학생활에서 만나고 겪었던 신앙의 동료들에게 주체가 전도되어진 의식과 삶의 행위에 대해 문제제기를 던진다. 그리고 진정 하나님과 예수라는 대상으로 하여 자신을 인간사회와 동떨어진 허위의식으로 쌓지 말았으면 한다. 그 허위의식이 이분법적 사고로 이어지며 삶으로 표출되어진다면, 사람이 집단과 사회 속에서 삶을 개조 발전해 나가는데 대한 왜곡된 의식으로 이끌어 질 것이며, 집단과 사회에서 전개되어지는 사회적 재부와 사회적 관계, 사람의 갈등과 투쟁에 대하여 분명한 인식을 갖지 못하게 된다. 그 단적인 표상이 의식과 행위의 불일치로 작은 하나하나에서부터 모순을 형성할 것이며, 인간이 이루고 사는 사회구조와 제도로부터 이탈된 허위적 삶을 영위하게 된다.

대학생활 동안 주어졌던 여러 번의 체포는 주체로서 성장, 발전하는데 다양한 측면의 문제를 제기하였으며, 세계와 자기운명의 꿋꿋한 주인으로 문제를 해결하고 투쟁하도록 이끌었다. 청량리 유치장에서 구류 열흘, 5.3인천투쟁으로 4개월 수배에 이어진 구속과 집행유예, 인천동부경철서에서 훈방 그리고 계속되어진 군부독재로부터 감시는 치열한 삶의 자유를 구속하는 모습으로 다양하게 나타났다. 첨예한 대적 투쟁의 공간이 자유 구속에 따른 모순 인식의 첨예함을 더욱 높였음은 자명하다. 총칼로 둘러쳐진 인(人)의 장막과 돌담벽 속에서 시인의 결의는 주체로서 내 것이다.

나는 보여줘야 한다 나가서
나가서 더욱 의연한 모습을

나는 또한 보여줘야 한다
놈들에게
감옥이 어떤 곳이라는 것을
전사의 휴식처 외 아무 것도
아니라는 것을

식민지 땅에 자유로운 자가 없는 것처럼 어느 한 곳 식민지 지배 구조가 성립되지 않는 곳은 없다. 그것은 대학 또한 예외가 아니다. 학문과 사상의 자유를 갈망하고 진정한 인간사회의 실현을 위해 투쟁하는 자들을 갈라내는, 자칭 상아탑이라는 -출발부터 지배계급의 이데올로기인 것을- 대학도 양심을 잘라내기 바쁘다. 그나마 다행이라면 가깝게 만나기에 그들은 민주를 남용하지 않는다. 미제국주의와 마름격인 파쇼정권의 거짓에 찬 미사여구의 나열은 같을지언정 직접적으로 대하는 비민주가 민주를 함부로 떠들지 못한다. 언제인가 '진정 이 학교에 하나님이 있다면, 교수들이 참 하나님의 말씀을 따른다면 학교가 이러지 않을 것입니다.'라는 말에 아무 말 못하는 교수를 보며 씁쓸했다.

대상화된 언어로 현실을 호도 합리화시키는 죄, 단어 그 자체로 실내용은 보지도 묻지도 않으며 외면하고 정죄하는 죄. 운동권이라는 한 마디에, 공산주의라는 단어 하나로, 주체사상 한 글귀에 경색되고 무조건 학살해 버린다면 이는 분명 무지요. 어리석음이요. 변화, 발전하고자 하는 자로서 자세와 태도를 상실한 모습이며 끝내는 타도되어야 할 지배계급의 지배 메카니즘에 스스로도 모르게 종속되어진 형상일 것이다. 제적, 제적, 제적, 정학, 정학, 정학 참으로 자랑스럽다. 징계하고 정죄한 자들에게 반성과 회개의 축복이 있길 간절히 기원한다.

수천, 수만의 민중을 학살한 외세와 예속정권은 떳떳하다. 생존권을 부르짖는 자는 죄인이다. 자주민주통일을 갈망하며 투쟁하는 자는 차가운 철창의 죄인이다. 외세는 민족분열, 영구분단을 획책하고 있다. 식민지 대리정권은 충실하다. 파쇼기구, 파쇼악법은 유용하다. 양심수는 구출되어져야 한다. 그리운 가족의 품으로 돌려져야 한다. 그리고 외세는 물러가야 한다. 남과 북은 하나이어야 한다. 핏줄은 이어져야 살아있는 것이다. 투쟁하는 어느 날 이 모든 전도되어진 것들은 제 자리에 놓이게 될 것이다. 그때 말하리라.

　　나도 그리될까?
　　철들어 속 들고 나이 들어 장가가면
　　과연 그리될까?
　　줄줄이 새끼들이나 딸리게 되면
　　어떤 수모 어떤 굴욕 어떤 억압도
　　참게 되는 걸까?

라고 묻는 시인의 물음이 패배하지 않아야 한다. 승리해야 한다. 그리고 민중과 맞잡은 시인의 어깨가 백두에서 한라로 이어진 민족해방의 그날 내 어깨도 함께 있을 것이다. [**해방장신 27집 1988**]

종교, 민족, 국가, 주의, 그 무엇도 인민 위에 놓일 수 없다

86년 5.3인천투쟁은 민민투였으나 그해 가을은 자민투로 바뀌어 있었다. 자민투는 품성론과 주체사상에 대하여 등 학습을 집중했다. 일상생활에 있어서 비판과 자기비판을 대단히 촘촘하게 진행되었다. 작은 것에서부터 큰 것까지 냉정하고 철두철미했다.

예수를 믿었던 하느님주의는 운동을 접하면서 관념론을 버리게 되었다. 신앙의 질적 승화라는 철학의 자기승화이기도 했다. 막스레닌주의는 주체사상으로 바뀌었다. 주체사상은 막스레닌주의를 토대로 하고 있다. 주체사상은 민주노동당 활동을 하면서 놓게 되었다. 2004년 국회의원 10명이 나오고 제3당이 된 민주노동당은 지난 시절의 고행을 잊어 버렸다. 정파와 각 그룹간의 패권을 잡기 위한 과정은 더러운 싸움이 되었다. 주사로 운동한다는 자들에게서 보이는 몰상식과 패권주의는 하느님을 팔아서 탐욕을 쌓는 자들의 모습과 다르지 않았다. 인민의 이익 위에 자리 잡을 어떤 종교도 믿음도 주의주장도 있을 수 없다. 10대 순수했던 충과 효도, 하느님을 믿어 교회를 나갔던 것도, 세상을 바꾸겠다고 운동을 했던 것도, 그 중심과 기본은 인민이다.

사실관계가 이럴진대 2022년 21세기 우리 사회는 여전히 빠 그리고 진화한 좀비 현상이 대단히 강하다. 특히나 빠좀비는 내용이 대단히 빈약하다. 오직 피를 찾아 인간의 목숨을 빼앗는 좀비영화의 진부함 외에 다른 것을 찾기가 어렵다. 빠, 좀비에게 찾을 수 있는 것은 오직 내편이냐 아니냐 하는 것밖에 없다. 어제까지 적이었더라도 오늘 내편이면 열광한다. 오늘 내편이었지만 내일 다른 입장이면 죽여야 한다. 내일 적이었지만 모레 내편이면 환호한다. 이런 빠좀비에게서 어떤 주의주장도 옳음도 정의도 철학도 사상도 없다. 그저 위선과 가식, 내로남불만이 삭막한 바람을 불어댈 뿐이다. 돈과 권력의 아우성만 높다.

허접하고 저질인 빠좀비를 비롯해 이런 주의주장들은 인민의 이익을 최우선으로 앞세우는 홍익인간, 인내천 사상과 정신을 찾기는 어렵다. 내편의 이익과 정파 패권주의에 사로잡힌 자들에게 피지배계급의 평등세상, 해방은 입에 발린 헛소리에 지나지 않는다. 이들에게 위선과 가식, 내로남불은 일상이다.

노동자, 농민, 서민대중을 뛰어 넘는 어떤 인물도 주의도 사상도 종교도 민족도 있을 수 없다. 인물사관(왕, 영웅사관)은 빠좀비이며, 철없는 반동 짓거리에 지나지 않는다. 최소한의 사상과 철학도 없으면서 내편이 아니면 틀렸고 적으로 단정 짓는 저질에 징그러운 시대를 흘려보내고 있다.

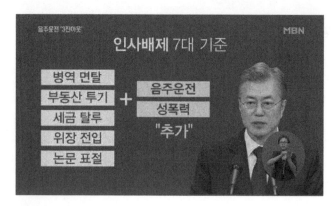

#윤석열 후보자의 인사청문보고서는 반드시
채택되어야 합니다. 윤 후보자에게 제기되었던
위증문제는 사실이 아닌 것으로 확인됐습니다.
청문회에서 투기의혹, 위장전입, 탈세 등의 의혹은
제기되지도 않았습니다. 오직 '국민과 함께하는
검찰'을 만들겠다는 후보자의 의지와 책임감을
확인할 수 있었습니다.
#더불어민주당

👍❤️😮 817   댓글 69개 · 공유 38회

👍 좋아요   💬 댓글 달기   ↪ 공유하기

황금 보기를 돌 같이

　　최영은 평소 우직하고 청렴결백하기로 유명했다. 오늘날까지도 최영이라는 이름과 함께 떠오르는 "황금 보기를 돌같이 하라."라는 말은 그의 나이 16세 때 아버지가 죽으면서 남긴 유언이었다. 최영은 아버지의 유언을 평생 실천하며 살았다. 이러한 사실은 역사에도 기록이 남아 있다.

　　'최영은 '황금 보기를 돌 같이 하라'는 아버지의 말을 마음에 깊이 간직하고 재물에 관심이지 않았으며 거처하는 집이 초라했으나 그것에 만족하고 살았으며 의복과 음식을 검소하게 해 간혹 식량이 모자랄 때도 있었다. 남이 좋은 말을 타거나 좋은 의복을 입는 것을 보면 개나 돼지만큼도 여기지 않았다. 지위는 비록 재상과 장군을 겸하고 오랫동안 병권을 장악했으나 뇌물과 청탁을 받지 않았으므로 세상에서 그 청백함을 탄복했다.' 〈〈고려사 권〉〉 113, 〈열전〉 제26, 최영

　　우리 어릴 적에 '황금 보기를 돌 같이 하라.'는 최영 장군의 말을 되뇌며 충과 효를 아름답게 떠들곤 했다. 훌륭한 위인과 영웅은 청렴결백하고 소탈하며 소박한 인간상으로 자리했다. 무릇 공직자라면 청백리를 연상하곤 했다.

　　백의를 사랑했던 우리는 예로부터 더러운 오물이 튀는 것에 결벽증이 있지 않았나 싶다. 홍익인간, 인내천 정신을 소유했던 선대이기에 부정비리나 타락한 오염이 곁에 설 자리가 없었을 것이다. 그렇다고 어찌 비리로 얼룩진 부정한 탐관오리가 없을 수 있겠는가!

4.19혁명, 부마항쟁, 5.18광주민중항쟁, 6월 항쟁, 촛불혁명 등 민중의 정치민주화를 세계에 자랑하고, 한국전쟁으로 다 부서진 최빈국에서 세계 10위 안에 드는 경제대국이 된 한국이다. 실로 놀랍고 자랑스러운 한국이다. 어디 이뿐이랴. 지금은 영화, 음악, 클래식 등 문화를 선도하는 국가가 되었다. 세계가 놀라고 부러워하는 국가에 신기하고 요상한 일이 하나 있다. 바로 물신, 돈이라면 걸신들리는 것이다. 애초부터 돈을 버는 기업이나 장사라면 무에 특별할 일이 없다. 정도를 통해 버는 돈에 누가 탓할 일도 없을 것이다. 문제는 공직에 있는 자들이다.

공직자는 인민을 위해 일하는 자들이다. 공직자는 공직에 맡는 정당한 일을 하고 국민이 납부한 세금으로 임금을 받아 생활을 하면 된다. 21세기 한국의 공직자가 공직의 직분을 정확히 이해하고 일하면 새삼스럽게 이런 글을 앞세우지도 않을 것이다. 물론 모든 공직자가 그러지는 않을 것이다. 많은 공직자는 맑은 정신과 밝은 기운으로 직무에 충실하고 있다. 문제는 권력을 크게 쥔 위의 공직자들이다. 이로 인해 모든 공직자가 추하고 더러운 사기꾼으로 비추게 된다. 청와대부터 행정, 입법, 사법 등 한결같이 돈의 좀비(노예)가 되기를 주저하지 않는다. 재벌들에게 비굴하고 꼬리를 흔든다. '부동산 투기', '위장전입', '논문 사기', '부모 찬스', '사모펀드, 건물주' 등 온갖 짓을 통해 돈을 쫓고 권력을 유지한다.

거대양당으로 대변되는 이들은 호박씨 까기의 달인이다. 이들은 뭐가 잘못이고 문제인지도 모르는 지경이다. 위선과 가식으로 날이 새고 날이 진다. 서로 더럽다고 비난을 퍼부으며 자기 위안과 자기만족을 영위한다. 내로남불의 자위는 행복에 젖어 있다.

참 부끄럽고 염치없는 헬조선이다. 역겨운 정치(공직자)의 민낯이다. 평생을 먹고 사는데 지장 없는 재물이 있는데도 이놈들은 왜 이러는 지 신기하고 놀랍기만 하다. 돈에 환장한 이런 놈들로 인해 부끄러움과 염치는 인민의 몫이다. 아! 돌조차 황금으로 보려는 놈들에게 부끄러움과 염치는 그저 책에 쓰여 있는 옛날이야기에 지나지 않는가? 황금을 돌처럼 볼 수 있는 사회와 국가를 만드는 일도 결국은 인민의 몫이다. 지금까지 늘 그렇게 고문과 죽음, 피 흘리며 세상을 바꿔온 인민의 몫이다. 그 투쟁은 진행형이다.

공직자를 하지 마라

혼돈, 사람 사는 세상은 혼란이다. 혼돈이다. 하늘의 문이 열리고 인간의 역사가 시작된 이래 혼란스럽지 않은 시간과 역사는 없었을 것이다. 그러니 지금 한국사회의 치욕스런 혼돈이 새삼스러운 것은 아니라며 위로와 자위를 할 수도 있다.

'빠'는 '좀비'가 되었다. 가짜가 진짜가 되고, 진짜가 가짜가 되는 깃발이 무성하다. 환하게 시작되는 21세기 밝은 어느 날 우리는 옳음도 정의도 없는 '빠'를 보고 만나게 되었다. '빠'의 출현은 사회의 기준선을 무너뜨리고 전후좌우 '편'만 휘날리게 만들었다. 그 '빠'는 '편'에 의해 언제든지 합종연횡할 수 있고, 준비가 되었다. 좀비는 영화, 드라마에서나 볼 수 있는 것인 줄 알았다. 우리의 현실은 불행하게도 좀비물이 되었다. 10년 세월을 훌쩍 뛰어 넘은 어느 날 '빠'는 한층 공고해진 '좀비'로 진화했다.

부끄러움과 염치가 설 자리는 없었다. 있는 것은 피를 찾아 함께 하느냐 아니냐 하는 것이 전부가 되었다. 부끄러움과 염치를 말하는 자는 하나같이 좀비의 먹잇감이 되었다. 친일매국노로 몰렸고, 한나라당, 국민의힘 지지자로 몰렸다. 빠좀비가 가지는 것은 흑과 백, 둘만 존재햇다. 빨주노초파남보 세상의 숱한 색은 존재할 수 없었다. 오늘까지 피를 빨던 대상이 회개하고 내일 부활하면 좀비 편이라 환호했다. 부활했던 대상이 내일 다시금 피를 빨아야 할 적이 되었다. 좀비는 우두머리로 깃발을 들고 이용하는 놈이 있고, 우두머리 좀비를 쫓아서 같은 좀비가 된 것에 인생의 전부를 탕진하기에 급급했다.

이들은 늘 '민주주의'를 앞세웠다. 그러나 이들이 말하는 민주주의는 그냥 좀비에 지나지 않았다. 무늬만 민주주의를 선동하는 괴벨스에 지나지 않았다. 대중을 선동했다. 이들의 위선과 가식은 놀라울수밖에 없다. 신의 경지에 도달한 '내로남불'은 적대적 공생으로 거대양당의 존립기반이 되었다. 거대양당의 '내로남불'은 피차일반이고, 그놈이 그놈이라는 절정이 되었다. 서로 얼굴과 들보에 묻은 더러운 똥을 씹고 핥는 데 정신이 없다.

좀비의 우두머리 즉, 크고 작은 우두머리들은 하나같이 민주주의를 들먹였다. 공정, 평등, 정의를 밥 먹듯이 되새김질을 했다. 그 모든 것들의 이면에는 더러운 돈과 권력이 자리했다. 권력이 돈을 먹어치우기 위한 수단이 되었다. 부동산투기, 위장전입, 세금탈루, 병역면탈, 사모펀드, 논문조작, 사기찬스 등 모든 과정은 충실하게 출세와 돈에 집중했다. 행정, 입법, 사법 등 모든 권력의 중심에 돈을 쫓는 버러지가 우글거렸다. 청와대 수석, 비서를 비롯해 장관 등 삼부의 주요 자리는 돈 뒤에 놓였다. 돈을 지키기 위해 자리를 내놓았다.

천민자본주의 정점에 놓여 있는 한국의 재벌이 불쌍할 지경이다. 아니 재벌의 비웃음이 진동하고 있다. 입으로는 온갖 민주주의와 정의를 앞세우던 자들이 하나같이 좀비에 지나지 않았던 것이다. 그것도 아주 천박한 똥 덩어리 돈을 핥고 밝히는 위선과 가식의 좀비였다.

재벌이 깨끗할 지경이다. 공직에 일을 하려는 자는 오직 주권자 민의 심부름꾼으로서 소임을 다하라. 돈을 밝히지 마라. 공직을 팔아서 돈을 취하고 개인의 이익을 쫓는 자는 결단코 공직에 나서지 마라. 위선과 가식, 내로남불은 공직에 어울리지 않는다.

이놈들은 대부분 이미 먹고 살만큼의 재산을 갖고 있다. 돈과 권력의 탐욕을 앞세우지 않아도 이미 살만한 형편인 것이다. 선배들은 '삼족의 멸문지화에도 충언' 하는 공직자 상을 보여줬다. 말 한마디 하지 않으면 죽을 일이 없고 삼족이 멸문 당할 일이 없다. 그럼에도 옛날 선배들은 충과 효의 도리로 직언을 했다. 지금은 그런 말을 하는 놈들조차 천연기념물이 되었다. 온전히 아부가 일상이 된 환경이다. 옳고 그름도, 부끄러움과 염치도 모르는 공직자 문화가 되었다. 21세기에 바른 말을 한다고 쫓겨날 일도 없고, 멸문지화를 당할 일도 없다. 그저 승진 기회에서 조금 밀려날 뿐이다.

주권자 민을 대리할 의지와 신념이 없는 자는 공직에 나서지 말아야 한다. 공직자는 돈과 권력의 노예가 아니다. 공직자는 주권자 민의 분신이다. 공직을 바로 세우지 못하는 자는 공직자를 하지 마라.

좀비주의, 좀비공화국, 좀비시대

김대중, 노무현 정부를 이어 들어선 이명박 정부는 끝내 노무현을 죽음으로 몰아갔다.(나는 이명박이 죽였다는 입장이지만 노빠 정치인들은 하나같이 자살이라고 단정을 짓고 있다. 문재인 정부에서도 노무현의 죽음은 아무 말이 없다. 그러니 이 부분은 그냥 넘어가자.) 우리 사회에서 좀비주의(좀비니즘)는 노무현의 죽음으로부터 본격화 되었다. 물론 노통 때에도 상식과 정의, 사상과 역사의식을 저버리고, 나는 노통이 하는 것이라면 무조건 지지하겠다는 '빠'의 시작을 알렸다. 부끄러운 역사의 시작이다. 좀비주의의 시작이다.

좀비는 이명박근혜를 세상 모든 악의 기준으로 설정하고 있다. 좀비주의는 노무현의 죽음에 대한 복수까지 얹었다. 이들은 노통의 죽음에 민주노동당, 민주노총 등 진보진영도 일조했다는 거품을 물었다. 정작 노통이 위기에 몰렸을 때 나서서 지원한 노빠 정치인은 없었다. 그들은 노통의 불똥이 튀어서 검찰의 수사를 받을까봐 몸을 사렸다. 이러한 노빠 정치인의 행태에 대해 좀비주의는 애써 모르쇠하거나 아니라고 억지를 부린다.

나는 노통 장례식날 시청광장에서 눈시울을 붉혔다. 아이들은 이런 부모를 지켜봤다. 노무현과 궤를 달리했던 나도 이런 감정이었으니, 노통을 끔찍이 사랑하던 사람들의 마음은 참혹했을 것이다. 노빠 정치인들은 그 장례식에서도 예를 갖춰서 이명박근혜 일당을 대우했다. 노빠 정치인들의 행보는 노무현의 죽음과 이명박의 관계가 작동하지 않았다 노통을 지지하는 이들에게 과제가 생겼다. 두 번 다시 지지하는 정치인을 잃거나 죽음으로 내모는 역사를

41

되풀이 하지 않겠다. 수단과 방법을 가리지 않고 내가 지지하는 정치인을 보위하겠다는 일념이다.

대한민국 헌법은 민주공화국이고, 주권과 권력은 국민에게 있음에도 불구하고 이들은 정치인의 노예로 하인으로 역할을 다하겠다는 좀비주의로 무장했다. 좀비주의에 있어서 민주주의, 공화정이 가지는 의미와 철학은 의미가 없다. 오직 좀비주의에 부합한 입장만이 민주주의이며, 공화정이 되었다.

문재인 정부는 좀비시대, 좀비공화국, 좀비주의의 절정을 맞고 있다. 좀비주의 꽃을 넓고 크게 활짝 피우고 있다. 위선과 가식의 조국을 빨아대는 데 있어서도 염치와 부끄러움이 없다. 있다면 내편이 아닌 적이 있다. 문재인과 조국이 임명한 윤석열은 한 달 상간에 천사에서 악마가 되었다.(나는 윤석열이 감옥에 있어야 할 범죄자로 본다.)

좀비주의로 무장한 이들은 거침이 없다. 시인, 소설가 등 영혼을 노래하는 작가들조차 경쟁하듯이 좀비대열에 앞장을 서고 있다. 좀비들은 김어준 등 온갖 유비통신으로 무조건적 무장을 하고 있다. 좀비의 기준은 오직 내편이다. 다른 입장이 있으면 너는 이명박근혜 지지자로 몰고 국민의힘 지지자로 끝낸다. 내편이 아니면 적이다. 흑과 백과 있다. 빨주노초파남보는 설자리가 없다. 좀비시대, 좀비공화국에서 아직까지 좀비주의 종말을 고하겠다는 사상과 철학은 게으르거나 비겁하다. 좀비들의 폭력은 그네들 진영에서조차 진성 좀비가 아니면 끊임없이 죽이는 작업을 전개한다.

민은 통치 대상이 아니다. 유치하기 짝이 없는 팬덤은 정치 노예다. 민이 권력이다. 민이 주권이다. 민이 주인이다. 좀비주의는 민주공화국과 거리가 멀다. 좀비주의는 전체주의에 가깝다. 어버이연합,

엄마부대, 박빠들의 모습에서 한 단계 나아간 좀비주의, 좀비공화국, 좀비시대가 되었다. 좀비는 어버이연합, 엄마부대일 수는 있어도 민주주의일 수는 없다.

직접민주주의 마을연방민주공화국은 민이 갈 길이다. 민이 정치를 하며 국가와 사회의 주인이 되어야 한다. 3,500개 읍면동 마을연방민주공화국은 직접민주주의의 핵심이다. 전국 방방곡곡에 기초와 광역단위 민회가 만들어지고, 마을마다 마을공화국이 만들어지는 세상이 대동세상이다.

민이 주권자로서 주인 되는 세상에서 빨대 짓이나 하는 좀비가 설 자리는 없다. 있다면 민주시민으로서 학습이다.(2020. 5. 15. sns)

세월호참사 7주기
진상규명 대답없는
문재인
세월호에앞에서는
박근혜와
다를바없다

조국 ✔
@patriamea

권력을 가진 자들이 약자 코스프레를
하며 권력을 더 달라고 구걸한다.
그런데 이 구걸이 성공하면 우리는
이들의 오만방자와 방약무인을 또 보게
될 것이다.

어둠은 빛을 이길 수 없다
거짓은 참을 이길 수 없다
진실은 침몰하지 않는다
우리는 포기하지 않는다

존칭과 경어사용

존칭과 경어 사용은 사람의 본성상 당연한 것입니다. 사회적 존재인 사람은 누구나 존엄성과 가치를 지닌 귀중한 존재입니다. 우리가 모든 힘을 써가며 바라는 세상은 사람의 가치가 인정되는 사회입니다. 사람에게는 근본적으로 신분이나 환경에 따른 높낮이가 없습니다. 계급이 생긴 이래로 지배자들은 지배와 피지배를 정당화하는데 갖은 방법을 다 썼습니다. 폭력을 동원하기도 하고, 허구적인 사상을 민중들에게 주입하기도 하면서 신분은 고정불변한 것이라고 주장했습니다. 그리고 지배와 피지배의 선을 긋기 위한 다양한 사회 문화적 행태를 구축해 왔습니다.

존댓말과 반말도 이러한 까닭에서 나타났습니다. 주인과 종으로 나뉘어진 세상에서 종의 신분인 사람은 주인이 아무리 나이가 어려도 존대를 해야 했습니다. 지배자들 사이에서는 서로 존대를 해가며 서로를 높였지만 민중들 사이에서는 반말을 일상화하도록 하여 지배자와 민중들의 골이 더욱 깊어지도록 만들어 왔습니다. 이로써 그들은 민중들에게 '무엇인가 저들은 우리와 다르다.'라는 느낌을 갖도록 하였습니다. 그러나 잘 생각해보면 지배자 상호간의 존대어 속에는 돈과 권력을 향유하면서 벌이는 온갖 음모와 배신을 치장하기 위한 속셈이 있습니다.

근대사회로 접어들면서 신분제도가 사라지지만 이것은 단지 형식적으로 이루어진 것입니다. 진정한 민중의 행복을 추구한 행동은 가진 자들에 의해 말살되어, 이전의 사회보다 달라진 것이 별로 없습니다. 그리하여 아직도 낡아빠진 사상의 잔재가 남아 있습니다. 우리의 가정을 살펴보면 지배자들이 심어 놓은 남존여비 사상이 아직도 뿌리 깊게 남아 있습니다. 남편이 부인에게 반말을 하고, 부인은 남편에게 존댓말을 써야 합니다. 우리가 살아가는 사회에서는 인간의 가치와 존엄이 무시되는 많은 경우를 볼 수 있습니다. 상명하복으로 철저히 무장된 군대에서 한 시간이라도 먼저 입대한 사람 그리고 계급이 높은 사람이 하급자에게 뱉어내는 말들 속에 사람의 가치를 무시하는 것이 얼마나 많습니까? 회사는 어떤가요? 나이든 노동자에게 나이어린 노동자들이 반말에 가깝게 말을 하고, 관리자들로부터 지시와 명령의 반말을 일상적으로 듣습니다. 이런 것들이 모두 사람의 존엄성을 짓밟는 그릇된 모습니다.

이를 고쳐나가기 위해서 처음에는 어렵고 어색하더라도 지배자들이 심어 놓은 잘못된 생각을 극복하면서 상황과 실정에 맞게 조금씩 존댓말을 써가는 것이 바람직합니다. 존칭과 경어 사용은 습관과 인식입니다. 일상적으로 자연스럽게 사용함으로써 자연스럽게 될 수 있습니다. 새 시대를 일구어 참된 삶을 살아가려는 우리들은 정신문화생활을 부단히 갈고 닦아야 합니다. 존칭과 경어 사용을 일상화 일반화하는 것은 사람의 본성에 걸맞을 뿐만 아니라, 사회문화적 측면에서도 의리와 동지애적 관계에 있어서도 합당한 것입니다. **안노회**[안양지역노동자회 1991년 회보]

나이 그리고 반말과 존댓말

　내가 교회를 다니면서 '신학대'를 간 여러 가지 이유가 있을 것이다. 그 중에 하나가 하느님(신) 앞에 '모든 인간은 평등한 존재'라는 이유가 있지 싶다. 하느님을 믿는 관념론에서 유물론의 운동가로 변화 할 수 있었던 이유도 '모든 사람이 평등한 세상'이 자리하고 있다.

　우리 사상의 기저에 홍익인간, 인내천이 자리한다. 사람은 모두 평등한 존재로서 똑같다는 사상이다. 동학의 정신도 그렇다. 남녀신분부귀를 떠나서 모든 인간은 인격체로서 존엄한 존재로 맞절을 한다. 방정환 선생의 어린이 정신에도 모든 인간은 인격체로서 존엄한 존재다.

　반말은 계급의 부산물이다. 양반은 나이가 어려도 말을 떼게 되면 하인(종)이 나이가 얼마가 되어도 반말이다. 종은 반대로 하얀 머리를 하고 예닐곱 살 어린 양반에게 존댓말이다. 일제 강점기를 배경으로 한 박경리의 토지에서도 이런 모습은 그대로 드러난다. 지금도 반말은 돈과 권력을 가진 자들의 전유물이다. 군대나 경찰 등 높은 계급은 반말이다. 직장도 크게 다르지 않다. 자본가(사장)는 반말이다.

　존재로서 평등과 해방을 주장하며 구호를 외치는 운동진영에 낡은 양태가 있다. 나이에 따른 서열과 반말, 존댓말의 구분이다. 이런 나이의 서열과 반말, 존댓말은 지금의 사회와 맞지 않다. 굳이 찾는다면 노가다 현장에서 나이를 찾는다. 노가다 현장에서도 나이에 따른 반말, 존댓말은 엄격하지 않다. 부모, 자식뻘이어도 대충 뭉개며 지낸다.

나는 자식들이랑 반말로 지낸다. 나와 관계에서 가급적 서로 존댓말로 지낸다. 요즘 젊은 사람들처럼 '반말'로 지냈으면 좋겠다는 생각을 하지만 우리 세대가 살아왔던 관습이 있다. 그러므로 존대하는 관계로 나타난다. 나이를 따지는 것은 무식한 어버이연합 늙은이들이나 하는 짓이라고 생각한다. 무식하고 무지한 자들은 나이를 벼슬로 앞세운다. 나이 먹겠다고 무슨 노력을 경주하기라고 했는가! 세월가면 저절로 먹는 것이 나이다. 그런 나이를 앞세우는 것은 낡은 의식의 한계다. 봉건적 잔재다.

물론 모든 걸 낡고 봉건적이라 치부할 수는 없다. 그 사회가 가지는 이해와 문화가 있다. 그것까지를 무시하자는 말은 아니다. 관계에 따른 자연스러움은 있을 것이다. 그러나 그것이 서열이 되고 계급이 되고 윽박지르는 갑을의 행위가 되어서는 안 된다. 잘 지내다가도 사이가 틀어지면 너 나이 몇 살이야, 형 동생 따지는 유치한 짓은 끝내자.

존재와 존재, 인격과 인격으로서 상호 '반말'을 하든, '존댓말'을 하던 하나로 할 수 있으면 좋다. 인간의 존엄과 가치는 서열이 있을 수 없고 다름이 있어서도 안 된다. 인간은 인격체로서 존중되고 평등해야 한다.(21.03.16.sns)

지배자(계급)의 언어

운동을 하고 있는 사람들이나 진보진영에 놓여 있다고 생각하는 사람들에게 언어 사용의 오남용은 심각하다. 특히나 지식인이라 할 수 있는 교수, 언론인, 시민단체 활동가 동네에서도 그렇다. 기레기로 불리는 언론에 많이 불려 다니는 자들은 한결같이 오남용의 선봉대로 자리하고 있다. 진중권, 김어준, 서민 등 하나같이 오남용의 언어를 사용하고 있다. 이들은 충실한 적대적 공생관계로 거대양당의 조력자다. 보수도 아닌 것이 보수라 칭하고 부른다. 진보도 아닌 것이 진보라 칭하고 부른다. 상호 음흉하고 즐거운 미소를 짓는다.

조국, 민주당586으로 이어지는 이들에 대해 진보라는 표기가 적합한가 하는 의문이다. 이 질문은 미래통합당(국민의힘)이 보수라고 불리고 표기하는 것이 적합한가 하는 문제와 맞물린다. 모두가 알면서도 교레기, 기레기 등 지배계급의 이데올로기에 충실한 자들로 인해 언어의 왜곡이 발생하고 있다. 미통당은 수구(매국)다. 미통당과 같은 보수가 천민자본주의 첨단을 걷는 대한민국을 빼면 어디에 있는가? 지구상에 국민의힘(미통당)과 같은 보수는 없다. 미통당은 보수가 아니다. 민족을 이야기하고 통일을 이야기하면 빨갱이라고 공격해대는 보수가 어디에 있는가? 보수는 민족, 자국의 이익을 고집스럽게 앞세우는 세력이 아닌가!

조국, 민주당586 등 소위 민주당류의 세력이 진보인가? 이들에게 씌워지는 진보라는 구도의 표기는 너무 불편하다. 조국이 민정수석에 있으면서 민주노총(조직된 노동자)에 대해 언급한 발언은 결코 진보일 수 없다. 상암동 한일전 수준의 민족을 앞세우는

49

운동은 결코 진보일 수 없다. 계급과 평등을 실천하고 투쟁하지 않는 자에게 진보는 찾기 어렵다. 민주당으로 대변되는 이들은 보수다. 그것도 보수우파 정도다. 자주를 잊고 외세 똥구멍이나 핥기 급급한 민주당의 모습은 보수라고 할 수 있는지 의문이 든다.

독일에서 가장 보수라는 메르켈 기독민주당보다 한참 오른쪽에 놓여있는 민주당이다. 정의당조차도 기독민주당보다 오른쪽이다. 너무나 굴절되고 왜곡된 한국의 모습이다.

이제라도 적합한 언어 사용으로 진보의 영역을 명확히 할 필요가 있다. 대중을 기만하고 진보를 오염시키는 왜곡된 언어를 우리부터 의식적으로 배제할 수 있어야 한다. 한국사회에서 진보는 최소한 정의당부터 시작된다. 녹색당, 노동당, 진보당, 사회변혁노동자당 등을 진보라 표기할 수 있다. 미통당(국민의힘)은 수구, 민주당은 보수우파(보수)다.

지금의 상황은 수구·보수의 본질적 실체가 더 이상 다르지 않음을 드러내고 있다. 그놈이 그놈이라는 수구·보수의 민낯을 확인하고 있다. 미통당의 수구는 공중분해 되는 역사의 과정이다. 민주당 문재인정권으로 대변되는 보수에 맞서서 진정한 진보의 세력을 넓히고 키워야 한다. 우리부터 한국사회 진보의 영역을 넓혀가야 한다. 낡은 진보·보수의 표기부터 바로 잡아 갈 수 있기를 기대한다. 낡은 진보·보수의 표기는 대중을 현혹시키는 것으로 작용하며 진보의 성장과 발전을 더디게 하는 것으로 작용한다.

이제라도 머리에 작은 먹물이라도 칠해져 있다면 더 이상 미래통합당(국민의힘)을 보수라 부르고, 민주당을 진보라는 부르는 교활한 언어사용은 끝내야 한다. 매국노의 후예와 독재집단을 자임하는 세력은 보수일 수 없다. 노동자, 농민을 탄압하고 외세의 이익을 앞세우는 세력이 진보일 수 없다. 거대양당은 보수와 진보의 구조(프레임)를 즐기고 흐뭇해하고 있다. 그놈이 그놈이라는 거대양당의 정치놀음, 언어유희에 박수치고 장단을 맞추는 놈은 적폐다. 양아치다.

사대주의에 오염된 언어

한국은 너무 오랫동안 외세의 지배를 받아서 일까? 아니면 일본제국주의 세뇌의 결과로 뼛속까지 외세에 종속된 결과일까? 지금의 한국은 영화, 노래, 클래식 등 대중문화와 인터넷, 반도체, 스마트폰, 인공지능 등 세계 최고를 다투고 있다. 한국의 경제, 문화 등 위상이 이러함에도 불구하고 교수 나부랭이들을 비롯한 지레기(지식쓰레기), 언론을 책임진다는 기레기 그리고 시민단체 활동가라는 자들까지 온통 언어 사대주의에 종속되어서 헤어 나오질 못하고 있다.

매일 같이 새로운 신조어들이 떡하니 나오고 돌아다니고 있다. 그것이 우리말이라면 얼마나 좋으랴! 문제는 잘났다고 행세한다는 자들에게서 국적불명인 외래어 오남용의 말들이 쏟아진다. 오죽하면 차라리 미국의 52번째 주로 편입하자는 말까지 나오겠는가? 하기야 뉴라이트인가 뭔가 하는 대통령이라는 작자는 영어를 공용어로 사용하자며 간을 본 적도 있었으니 말해 무엇 하겠는가 싶기도 하다.

이상한 외래어를 사용하면 좀 있어 보이나? 아니면 잘나 보이는 건가? 외국에서 유학물 먹으면서 공부했다고 자랑하고 싶은 건가? 대한민국의 최고 권력이라는 청와대부터 무슨 정책을 발표하면서 외래어로 떡칠을 한다. 서울시나 행정기관에서도 마찬가지다. 권력기관에서 이러니 지식이 좀 있네, 배웠네 하는 작자들이 얼마나 튀고 싶을까? 코미디도 이런 코미디가 따로 없다. 문제는 시민단체들조차 똑같이 놀아나고 있다는 사실이다. 웹자보를 하나 만들어도, 강의를 한마디 해도 꼭 외래어를 사용해야 좀 고상해 보인다고 생각하는가?

시민단체 시민운동이 가지는 기회주의적 속성에서 그러려니 하고 이해해야 하는가? 시민단체 활동가들이 우리말 사용에 모범이 되었으면 좋겠다.

1년을 이렇게 지내다가도 딱 하루 생색을 내고 싶어지는 날이 있다. 한글날이다. 세종대왕을 입술에 침도 바르지 않고 칭찬하기 바쁘다. 언어가 없는 세계의 많은 종족에서 한글을 언어로 사용한다고 자랑도 섞는다. 1년 내내 사용하던 습관이 어디 갈 수 있으랴. 한글날 기념 글에서조차 소프트파워 한글이라고 외래어를 섞어야만 문장이 되는 사회이기도 하다.

그 어느 옛날에는 중국말을 안 쓰면 비천하거나 무식하다고 사람대접을 받지 못했다. 근대에는 일본말을 사용해야 지식이 있어 보이고 출세를 할 수 있었다. 지금은 영어를 사용하는데 앞장서야 먹물 좀 들어 보이는 시대가 되었다. 이렇게 놓고 보면 뼛속까지 사대주의에 찌든 먹물들이 아닌가 싶기도 하다.

이런 놈들이 선거철만 되면 시장에 가서 오뎅에 떡볶이 먹기 바쁘다. 시장 바닥에서도 외래어를 걸신들린 듯 섞어서 허벌나게 먹물 먹은 티를 내지 않을까! 기레기, 지레기는 사실 포기다. 운동한다는 진영이라도 이해하기 쉬운 우리말 사용에 노력을 기울였으면 좋겠다. 허접한 외래어 남용은 그만하고...

한해
산재사망 노동자수
2,400명...

8월16일이 빨간색?

"빨간날은 못 쉬고
대체일엔 공짜로 일하는"

#5인미만_차별폐지

광주 기아차 노동자 임금격차		
고용 형태		평균 연봉
기아차	정규직	9700만원
광주공장	사내하청	5000만원
1차 협력사		4700만원
1차 협력사 사내하청		3000만원
2차 협력사		2800만원
2차 협력사 사내하청		2200만원

자료:한국노동연구원 2014년 기준

극화 심각

해 평균 연봉
만원이었다.
하청으로
들의 연봉
원이나 적

편은 더
노동자의
조사됐

노동운동

학생운동을 정리하고 노동운동으로 투신했다. 빚내서 대학을 보낸 부모님은 언제나 그랬던 것처럼 노동현장으로 이전하는 아들의 짐을 도왔다. 제대로 된 식사를 하라고 김치를 비롯해 반찬을 싸주었다. 늘 부모님은 아들의 든든한 응원군이 되었다. 자식에 대한 믿음을 가졌기에 가능하고 자연스런 과정으로 작용했을 것이다. 노동현장으로 내가 이전하면서 후배들도 노동현장으로 이전하는데 물꼬를 트게 되었다.

현장으로 이전은 몸담고 있었던 조직의 선을 타고 진행되었다. 내려갔던 지역은 평택이었다. 평택의 작은 공장을 다니면서 큰 공장 입사를 도전했다. 다른 사람의 신분증과 이력으로 큰 공장에 넣었던 입사는 모두 실패했다. 현대중공업, 현대자동차 등 재벌사업장의 쟁의는 정권과 대공장에 입사를 어렵게 했다. 위장취업을 찾아내기 위해 이력서에 있는 고향을 방문해서 확인한다는 결론에 이르렀다. 그러지 않고서는 이력서에서 떨어지기 어려웠기 때문이다. 실제 당시 언론에는 이런 상황에 대한 기사가 보도되기도 했다.

모임은 일주일에 한 번 꼴로 가졌으며, 저녁 10시경에 시작한 모임은 새벽 3~4가 되어야 끝나곤 했다. 주어진 학습과 활동에 대한 점검, 비판과 자기비판의 시간은 치열하게 진행됐다. 평택에서 취업이 어렵다는 판단 끝에 안산으로 옮겼다. 추워지는 날씨에 지하철 4호선을 타고 가는 안산은 황량하기만 했다. 전철 좌우로 펼쳐진 넓은 들판은 날씨만큼이나 춥게 느껴졌다. 그런 중에도 새로 시작한다는 마음은 충분히 흥분과 기대를 가지게 했다,
안산에서 첫 번째 일은 반월공단에 대한 현황을 파악하는 일이었

다. 전체 공장 수와 분류, 업체별 현황과 노동자 수 등 반월공단에 대한 자료를 만들었다. 반월공단은 대부분 100명 이하의 업체였다. 100명이 넘는 공장은 큰 편에 들어갔으며 300명이 넘는 공장은 대공장이나 다름없었다. 안산에는 여러 그룹이 활동하고 있었다. NL그룹의 성향을 가지고 활동하던 그룹이 하나로 뭉쳤다. 그렇게 1992년 한벗노동자회는 출범했다. 나는 안양지역노동자회에서 안산으로 와 활동하던 그룹에 속해 있었다. 한벗회가 출범하면서 교육선전부장을 맡게 되었다.

전두환노태우 정권에서 학생운동을 하던 많은 사람들이 노동현장으로 이전했다. NL이든 PD든 자본주의 사회에서 평등사회로 가는데 노동자는 절대적 지위를 갖는 계급이었기 때문이다. 학생운동은 학년이 올라갈수록 운동하는 인원이 줄었다. 학년이 올라간다는 사실은 운동가로서 자기 결단을 해야 했다. 시위 주동자가 '동'을 떠서 감옥에 가는 결단을 해야 했고, 노동현장으로 가야하는 결단을 해야 했다. 이러한 사실은 결코 쉬운 일이 아니었다. 부모님과 가족의 기대, 대학생 신분으로서 편한 삶을 가질 수 있는 토대는 학년이 올라가면서 결단을 내려야하는 현실에 마주하게 되었다. 남자들의 경우는 도피성 군대를 가기도 했다. 물론 군대를 다녀와도 현실은 다시금 존재론적 고민을 하게 만들었다.

세상을 바꾸는 운동에서 학생운동 활동가들에게 노동자는 최고로 비춰졌다. 혁명은 노동자계급이 부여받은 사명이었다. 프롤레타리아 혁명은 자본주의를 뒤집는 전부였다. 국가독점자본주의든 식민지반자본주의든 결국 노동해방의 최전선은 노동계급이었다. 나는 운동에서 배운 사상, 이론, 조직, 투쟁의 결과로서 노동운동에 섰다. 반월공단과 시화공단 초기 그 넓은 곳에 오토바이 CT100의 굉음이 날이면 날마다 울려 퍼졌다. 노조를 방문하는 일은 신나고 즐거웠다. 조합의 간부들과 임단투를 논의하고 새해

정세를 탐구하는 일은 열정에 넘쳤다.

현장 활동가들은 먹고 사는 문제도 해결해야 했다. 신문 돌리기, 우유 돌리기, 세차 등 주로 새벽 시간에 일을 해서 생활비를 해결했다. 늘 경제적으로는 궁핍했다. 동지가 있고 조직이 있기에 그런 생활상의 어려움은 어려움으로 작용하지 않았다.

늘 활동에 모범을 창출하는 동지가 있었다. 컴퓨터를 배워서 조합원과 간부들을 대상으로 컴퓨터 강좌를 열었다. 산을 공부해서 버스를 대절해 산행을 갔다. 늘 피곤하고 졸리는 상황이었지만 목표를 하면 컴퓨터, 산 등 끝내 전문가 수준에 이르렀다.

전반기 노동학교와 후반기 역사교실은 늘 많은 노동자들로 꽉 찼다. 모든 교과과정과 강사는 한벗회 간부들로 준비되었다. 강의는 각자 교안을 준비하고 돌아가면서 강의 연습을 했다. 수차례 구성원들의 지적과 평가를 통해 강의가 이루어졌고 결과는 성공적이었다.

전노협 경기노련 안산지구협은 크게 두 조직의 정파가 부딪쳤다. 사상과 이론, 조직 활동에서 차이는 매번 노동조합의 활동과 임단투 등 다양한 부분에서 충돌했다. 지구협 회의는 매번 긴장의 연속이었다. 혹시라도 폭력으로 부딪치지는 않을까 하는 긴장과 염려가 드리워졌었다. 모두가 혁명의 전위부대와 같은 느낌이었다. 현장의 노조, 간부, 조합원들도 그룹의 친소관계에 따라 갈라졌다. 여러 조직(정파)의 이합집산은 현장 활동에 어려움으로 작용했다.

안산지역 노조운동의 현황과 과제

80년대 반월공단 공업단지 조성 이래 안산지역의 노동운동은 해를 거듭할수록 열기를 더해가고 있다. 강고하게 자리매김해 나가는 안산노조운동 현황을 살펴보고 방향성을 진단해본다.

1. 글을 시작하며

안산은 80년대 초반부터 정부의 정책에 의거해서 공업단지 조성이 이루어졌으며, 이에 따라 만들어진 계획도시이자 공업도시이다. 이로부터 안산지역 인구의 다수는 노동자들이 차지하고 있으며, 경제적 기반도 공단에 의존하고 있다.

현재 반월공단에는 1,100여개 업체가 입주해 있는데, 업종별 분류도 다양하게 분포하고 있다. 반월공단의 주력은 자동차산업을 위시로 한 금속제조업이 주종을 이루고 있다. 공단에서 일하고 있는 노동자 수는 총 11만여 명에 이르고 있고 남녀의 비율은 4:1의 분포를 보이고 있다.(시화공단의 입주가 진행 상태이다.)

조합 수는 대략 250여개로 추산되고 있다. 이렇게 추산되는 것은 시청에 등록은 되어 있지만 유령노조 및 거의 활동을 안 하는 노조들이 많이 있기 때문이다. 250여개 노조 중에서 미미하지만 그나마 활동을 하고 있는 노조는 150개 정도로 추산되고 있다. 노총사업장이 70개 정도로 추산되고 있으며, 폭의 차이는 있지만 소위 '민주노조'로 지향과 활동을 하는 노조는 50여개 노조에 머무르고 있는 실정이다.

안산은 노동자 도시인만큼 노동자의 움직임이 도시행정에 있어서 기본을 이루어야 한다. 그렇지만 아직까지 많은 부분에서 노동자의 목소리가 올바르게 반영되지 못하고 있는 현실은 노동자, 노동조합으로 하여금 해야 할 몫이 더욱 높아져야 함을 반영하고 있으며, 일꾼들의 책임성을 높이고 있다.

노동자가 시의 주체로 나서기 위해서는 노동자의 정치, 경제, 사회, 문화 등 제반 부분에 대한 자주적 의식이 높아져야 하는 과제를 가지고 있다. 또한 조직화되어야 하는 절대적 필요성이 제기되고 있다.

사회 전반에 걸쳐서 노동자에 대한 기대와 요구는 이제 절대적이다. 역사와 사회의 발전에 있어서 노동자들에 대한 요구는 시대의 요구이자 민중의 요구로 명확히 나서고 있다. 이러한 요구에 응당히 부응해야 하는 지위와 역할이 노동자에게 제기되고 있는 것이며, 이를 위해 노동자는 자주적 사상의식으로 튼튼히 서야 하고, 조직적 무기를 갖추고 역사와 사회의 전면에 나서야 한다. 바로 그 자리에 안산의 노동자들이 위치하고 있다.

이처럼 노동자들에게 다가서고 있는 지위와 역할은 결코 저절로 주어지거나 떨어지는 것이 아니기에 노동자들은 부단한 노력과 투쟁을 쉼 없이 전개하고 있다.

2. 안산지역노동운동의 역사

지역 노조운동의 역사는 87년 7~9월 노동자대투쟁에 뿌리를 두고 있다. 거제에서 구로까지 가열차게 진행된 노동자대투쟁은 안산에도 거센 바람을 일으켰으며, 실제 지역에 많은 노동조합이 노동자대투쟁의 영향을 통해서 만들어졌다.

안산지역노조운동은 투쟁과 연대 속에서 만들어지고 세워졌다. 87년 노동자대투쟁은 필연적으로 노동자의 연대를 요구했으며, 이로부터 88년 경기남부지역노동조합연합(88년 12월 28일)을 결성하게 된다. 이러한 움직임은 서울, 마산창원 등 여타의 지역과도 맥을 같이 하는 움직임이었다.

경기남부지역노동조합연합은 수원, 안양, 안산에 지부의 형태로 지구협의회를 구성하게 된다. 당시 안산은 안산공실위, 자품(안산지역 자동차부품노조협의회) 모임 등이 진행되고 있었다. 이처럼 모임은 각각의 활동을 진행한 것이다.

이러한 지역 노조운동의 실상은 이후에 통합과 분산을 거듭하게 된다. 이러한 과정은 각각의 노동조합이 처한 현실로부터 사업방법, 사업 작풍의 의견 차이와 정치적 문제에 대한 이견으로 단결과 분열을 반복하게 된다. 팽팽한 긴장과 의견의 차이에도 불구하고 노동조합은 끊임없는 단결을 모색해왔으며 연대투쟁을 전개해 오고 있다.

90년대 노조운동은 상반기 공투본(공동투쟁본부), 하반기 공대위(공동대책위원회)라는 이름으로 임금인상투쟁과 노동법개정투쟁을 확대된 조직 틀로 결성과 해체를 거듭한다. 이러한 양상에 조직적 문제의 심각성을 제기한 것이 1993년 6월 1일 전국노동조합대표자회의(전노협, 업종회의, 현총련, 대노협을 조직구성으로 하고 있다.)의 출범으로부터 나서게 된다. 이제까지 상반기 공투본, 하반기 공대위라는 조직 틀이 갖는 한계를 벗어나 전국노동조합대표자회의가 가지는 민주노조운동의 역사적 의의를 높이 세우고자 하는 지역의 많은 노동조합들이 93년 하반기 지역연대조직을 고민하면서 당위적인 공대위가 아니라 전노대의 조직발전전망에 따른 조직적 의의와 함께하고자 지역에서 지역노동조합대표자회의(지노대) 결성을 주장하게 된다. 그러나 공대위를 주장하는 소수의 사업장(노운협관련, 외향적으로 경기노련의 틀을 가지고 있다.)의 강한 반대에 부딪쳐 양쪽의 주장은 긴장된 상태에 놓이게 되고 공대위를 주장하는 사람들은 갈라질 것에 대한 의견을 공공연하게 말하게 된다. 지역의 노조운동이 갈라지게 되는 상황까지 이르게 되었으나 찢어져서는 안 된다는 대의와 양쪽의 한발씩 양보를 통해서 결국 '안산지역노동조합 대책회의'라는 명칭에 합의하게 된다. '안산지역노동조합 대책회의' 결성의 의의는 그간의 한시적 연대 틀이 아니라 상설적 성격을 지니는 조직이라는 것이다. '대책회의'는 93년 하반기 노동법개정투쟁을 전개하고 94년 상반기 임금인상투쟁을 이끄는 지역연대조직으로서 역할을 수행한다. 그러나 조직결성에서부터 가졌던 양쪽의 입장 차이는 94년 상반기 임금인상투쟁 전진대회를 둘러싸고 갈등과 대립을 반복하는 과정에서 '대책회의'의 해산과 조직적으로 갈라서게 된다. 현재 상황은 전노대의 의의를 지역에서 실현하고자 하는 '안산지역노동조합대표자회의준비위'와 '경기노련안산지구협' 그리고 업종 조직으로 '안산지역자동자부품노조협의회'가 있으며, 한국노총 안산시협으로 조직적 틀을 형성하고 있다.

3. 안산지역노조운동의 현황

1994년도 민주노조운동은 매우 중요한 길목에 위치하고 있다. 민주노조운동의 발전과 진로에 대한 조직, 실천의 과제가 제기되고 있는 것이다. 그간의 과정을 수렴하면서 지난 5월부터 민주노총 건설에 대한 논의가 중앙과 지역에서 활발하게 진행되고 있다. 민주노총의 발전방안에 대한 논의가 중요하게 자리 잡게 된 것은 이후 민주노조운동의 향방을 규정짓게 되기 때문이다.

민주노총 발전의 쟁점으로 나서고 있는 것은 첫째, 금속대산별과 업종별소산별 노조건설 둘째, 실무진을 강화하는 조직적 문제 셋째, 출범시기로 크게 나뉘고 있으나 이외에도 민주노총 건설과 관련하여 해결해야 할 많은 문제가 나서고 있다. 민주노총이 당위나 구호가 되지 않기 위해서는 1)현재 전노대가 포괄하고 있는 노조 외에 더욱 많은 노조를 결합시켜야 한다. (특히 섬유와 화학에 대한 노력이 더해져야 한다.) 2)민주노총의 건설에 대한 필요성과 의의 등에 대해서 현장 조합원까지 함께 하도록 각각의 노동조합이 적극적인 교육 등의 사업을 활발히 전개해야 한다. 3)복수노조 금지조항이 철폐되어야 한다. 또한 민주노총의 강령과 실제 일꾼의 문제 등도 함께 가지고 있다.

민주노총의 건설이 향후 민주노주운동에 절대적 영향을 미치게 됨은 물론 민족민주운동에도 지대한 역할을 하게 됨을 상기하게 될 때 민주노총의 건설은 철저히 대중적 논의와 결의를 통해서 건설되어야 하며, 이를 실제화 할 수 있는 조직적 담보를 해내야 한다. 뿐만 아니라 민족의 운명문제에 대해서까지 올바른 지향점을 가져야할 것이다.

이러한 민주노조운동의 지향과 행보는 안산지역의 노조운동에 밀접한 관련과 영향을 미치게 된다. 뿐만 아니라 중요하게 나서는 문제는 이를 실제 안산지역의 노조운동이 어떻게 담보하고 함께 해내느냐 하는 것이다.

현재 안산지역노조운동은 통일단결을 간절히 바라고 있지만 아쉽게도 분열과 감정의 골이 깊이 배어있는 상태이다. 민주노총 건설에 지역조직을 대표하고 구심의 역할을 수행하기 위해 노력하는 '안산지역노동조합대표자회의준비위', 전노협의 정통성을 주장하는 '경기노련안산지구협', 그리고 복수노조 금지조항이 철폐되어서는 안 된다는 '한국노총안산지부'의 노동조합이 하나로 되는 문제를 가지고 있다.

한국노총안산지부의 사업장에도 민주노조의 지향을 가지고 사업하는 사업장에 대해서 목적의식적인 사업을 통해 민주노조운동진영으로 함께 세워가야 하는 노력과 소위 '민주노조'진영이라는 노동조합 조직 간의 통일성을 선차적으로 해결하는 것은 풀어야할 절대적 숙제라고 할 수 있다.

안산지역노동조합대표자회의(안노대) 준비위는 17개 노조의 참가에 3개 노조의 참관으로 조직되어 있다. 경기노련 안산지구협은 5개 노조에 3-4개 노조가 참관으로 결합되어 있다. 업종조직인 자동차부품노조협의회(자품노협)에는 안노대가입사업장(5개 노조)과 가입하지 않은 사업장(5개 노조)으로 10개 노조가 활동하고 있다.

안노대와 안산지구협의 관계는 당장 풀기 어려운 조직적 갈등과 반목의 상태에 처해 있다. 이러한 상황은 지역의 노조운동이 태동하면서부터 일정하게 가지고 있던 입장 차이가 분명하게 노정되어 있는 것이다. 이러한 차이는 전노대확대강화를 통한 민주노총의 건설과 전노협 확대강화를 통한 민주노총 건설이라는 양상의 성격을 띠고 있으며, 단체의 입장까지 반영해 나타난 것으로 해서 더욱 어렵게 하고 있다.

자품노협도 지역의 양상이 일정하게 혼재된 상태로 약간의 입장이 차이를 가지고 있다. 중요하게 민주노총의 건설에 따른 지역민주노조 총단결체에 하나 된 결합을 할 것에 대한 주장과 현재 상황은 자품의 강화를 더욱 해야 한다는 입장의 차이를 보이고 있다.

안산지역노조운동의 이러한 실상은 전국 상황에서도 일정하게 문제로 대두되고 있으며, 해결해야 할 현안으로 등장하고 있다. 민주노총의 건설은 지역에서 나타나고 있는 문제를 분명하게 해결할 것이다. 그러나 민주노총이 건설된다고 저절로 해결되는 것이 아니라 실제 각 노동조합의 자주성이 높아지는 속에서 합의되고 풀어져야만 민주노총의 건설을 앞둔 안산지역민주노조운동의 견실한 발전을 보장할 수 있다.

4. 안산지역노조운동의 과제

안산지역노조운동의 일차적 과제는 산별·민주노총 건설에 어떻게 복무하느냐 하는 것이다. 이 과정은 지역의 문제를 해결함은 물론 민주노조운동의 확대강화를 통한 민주노총의 건설로 직결되기에 지역의 모든 노동조합은 선결적 과제로 해결의 주된 노력을 기울여야 한다.

안산지역노조운동의 현재 상황은 노동자들로 하여금 혼란과 불만을 가지게 하고 있다. 분열이 아닌 단결된 노조 조직은 노동자가 간절히 원하는 바람이자 기쁨이다. 이를 위해 모든 노동조합과 책임 있는 일꾼들은 절대적인 노력을 기울여야 한다. 이러한 노력은 막연한 바람만으로 주어지는 것은 결코 아니며 다음과 같은 노력이 전제되어야 한다.

1) 노동조합의 자주성을 높이 실현해야 한다.

노동조합은 노동자 스스로 노동자의 정치, 경제, 사회, 문화 등 제반의 지위를 향상시키는 것을 목적하고 자주적으로 만들고 활동하는 조직이다. 노동조합의 자주성은 자본과 정권의 탄압에 대한 자주성을 철저히 견지하고 투쟁하는 것은 물론 이를 실현하기 위한 과정에서 함께 하는 여타의 단체와 조직에 대해서도 고유하게 유지된다. 노동조합이 사업과 활동을 하면서 여러 곳으로부터 지원과 도움을 받는다. 그러다보면 민주노조운동의 올바름을 떠나서 가까이 했던 조직이나 단체에 종속되는 경우가 있게 되는데 이러한 양상은 철저히 버려야 한다. 동지적 유대와 비판 속에서 노동조합 조직이 주체성을 확보하는 자주적 지향을 잃어버리는 일이 결코 있어서는 안 된다. 기본대중조직인 노동조합조직이 어느 정파의 입장을 대변하는 -그것도 잘못된- 조직으로 되지 않도록 노동조합의 자주성을 높이 세우는데 부단한 노력을 해야 한다.

2) 대중적, 민주적 사업을 철저히 견지해야 한다.

노동조합은 물론 어느 조직도 그 조직이 힘을 갖기 위해서는 대중의 지혜와 힘을 모으고 발동하는 조직이 되어야 한다. 더불어 대중의 목소리와 비판에 대해서 귀를 크게 열어야 한다. 대중의 목소리와 비판에 문을 닫는 조직은 발전을 이루기 힘들 뿐 아니라 힘 있는 조직이 될 수도 없다. 이와 함께 조직에 대중적, 민주적 사업정형은 지도부의 목적의식적인 노력이 매사 기울여져야 한다. 훈련되고 교육되지 않는 대중은 죽어 있는 것이나 다름없음을 우리는 많이 보게 된다. 이를 높이고 받들어야 할 책임이 지도부에 있는 것이다.

3) 부단한 교육과 연구를 통해서 간부역량을 높여야 한다.

연구하고 공부하지 않는 조직은 조직의 지위와 역할을 제대로 담보하기 힘들다. 특히나 기본대중조직의 교육과 연구하는 기풍은 아무리 강조해도 부족함이 없는 실정이다. 사업이 바쁘다는 핑계로 책을 보지 않는 노동조합의 간부들 모습은 결코 노조운동의 발전을 책임지기 어렵다. 뿐만 아니라 조합원의 성장·발전은 물론 기대에 부응하지 못함으로써 나타나게 되는 조합의 불균형은 어려움을 가중시키게 된다. 항상 연구하고 공부하며 새로움을 더하는 간부들이 되기 위해 부단한 노력을 기울여야 한다.

4) 통일단결의 폭을 넓히는 연대의 기풍과 실천을 높여야 한다.

기업별 노조운동의 한계는 이제 새삼 강조하지 않아도 조합원들까지 많은 문제의식을 느끼고 있다. 산별노조 건설은 시대 외 민주노조운동의 요구로 거스를 수 없는 목표가 되고 있다. 연대에 대한 노력은 많이 높아지고 있지만 아직까지 연대에 대한 실천적 모습은 말에 비해서 부족함을 느끼게 하고 있다. 연대는 단사의 역량을 더욱 높이는 것으로 됨을 분명히 인식해야 한다. 실제 연대를 통한 단사역량 강화의 노력과 교육이 의식적으로 강화되어야 한다.

지역노조운동이 강화, 발전되기 위해서 아직까지 풀고 해결해야 할 과제는 많은 부분에서 제기되고 있다. 안산지역노조운동의 강화 발전은 바람만이 아니라 실제 힘을 가지기 위해 모든 일꾼의 노력과 투쟁이 백방으로 세워져야 한다.

특정 정파가 노동조합을 좌지우지하는 일이 있어서는 안 된다. 단체에 목을 매는 노조는 결코 발전을 보장할 수 없다. 노동조합이 자주적으로 튼튼히 서야 한다. 당면하게 논의되고 있는 민주노총 발전방안에 대해서 각 노동조합은 충분한 토론과 논의를 통해서 의견을 모아야 한다. 전노대는 전노협, 업종회의, 현총련, 대노협 등 민주노조운동의 발전을 고민한 조직적 노력의 산물인만 큼 모든 민주노조운동이 이의 실현을 위한 노력을 기울여야 한다. 이러한 노력은 민주노조에 의의를 함께 하는 많은 노조를 결합시키는 자세와 태도를 견지할 때 가능한 것이다. 이미 낡은 어느 입장을 강조하고 주장하는 정파적 관점과 입장은 결코 전체민주노조운동의 발전을 위하는 것이 아니다. 전노대를 결성한 조직적 의의(안노대는 이에 철저히 의거하고 있다.)는 모든 노동조합이 분명히 주체의 것으로 해야 한다. 전노대의 강화발전은 전노대에 속한 전노협, 업종회의, 현총련, 대노협 그리고 많은 민주노조의 강화발전을 담보하고 실현하는 것이다. 이를 통한 민주노총의 건설은 민주노조운동의 자연스러운 발전이자 새 역사를 창조하는 것으로 된다.

5. 맺음말

지금까지 우리는 안산지역노조운동에 대해서 간단히 살펴보았다. 글을 쓰면서 어려움은 지역노조운동의 제반의 현상에 깔려있는 밑바탕을 충분히 다루어야 하는데 이에 대한 쉽지 않은 지역노조운동의 실정이 존재한다는 것이다.

중요한 것은 민주노조운동이 어느 일방의 특정한 전유물이 될 수 없다는 것이며, 이를 고집하는 세력은 엄중한 대중의 심판을 면하지 못한다는 것이다. 대중은 살아 생동함으로 역사와 사회 속에서 주어진 지위와 역할을 분명히 수행한다. 우리는 이에 대한 믿음을 가지고 있다. 전노대는 민주노총의 건설과 발전을 책임질 것이다. 다수의 지역노동조합은 이를 위해 지역노조운동의 책임과 역할을 분명히 할 것이다. 지도와 결합된 대중, 의식화된 대중, 민주노조운동의 방향점을 분명히 실현하는 대중에 대한 믿음을 안산지역의 노동조합은 분명히 담보할 것이다. **밀물** [한양대학교 교지편지위원회 1994, 가을 열일곱번째]

1994년에서 2022년으로

안산지역노조운동의 현황과 과제는 1994년 안산 한양대 교지에 실린 글이다. 그리고 30년 가까운 세월이 흐르고 있다. 안산 한양대는 노학연대, 지역연대 차원에서 안산의 노동운동에 많은 관심과 참여를 했다. 이러한 인연으로 지역의 노동운동과 한양대는 많은 부분에서 함께 사업을 할 수 있었다. 문화공연 등 활동은 긴밀하게 진행되었다.

1994년은 민주노총 건설을 앞에 두고 있었다. 남부총련 간부들을 상대로 민주노총과 지역노조운동, 진보정당 건설 등에 대해 강의(세미나)를 할 수 있는 기회가 있었다. 수배 중인 간부들도 있었기에 복잡하고 비밀리에 만날 수 있었다. 청년학도들에게 엄청난 희망과 비전을 설파했다. 자주, 민주, 통일의 그날이 멀지 않았음을 강조했다. 그 이유는 노동자를 대표하는 민주노총 산별노조 건설과 진보정당의 건설이었다. 스스로도 천만 노동자를 대변하는 민주노총과 산별노조가 건설되면 세상은 빠르게 변화할 수 있을 것이라 믿었다. 노동자의 단결과 연대는 정치세력화로 나타날 것이며, 진보정당 건설은 꿈에 그리던 지형이었다. 상황이 이러했으니 남부총련 간부들에게 대단한 확신과 믿음으로 운동에 매진할 것을 강조하는 데 부족함이 없었다.

민주노총은 1995년 11월 11일 역사적인 출범을 하게 되었다. 진보정당은 1997년 대선에서 국민승리 21을 거쳐 2000년 1월 31일 민주노동당을 창당하게 되었다. 민주노총은 1996년 신한국당의 날치기 노동법 개악반대 투쟁을 승리로 이끌었으며, 민주노동당은 2004년 10명의 국회의원을 배출하면서 제3당으로 우뚝 서게 되었다. 민주노동당은 한때 지지율이 20%에 육박했다. 조만간 제1야당, 집권당이 실현될 것 같은 착시현상에 빠졌다.

낙관이 지나쳤다. 개인은 혁명적 낙관주의로 단련되고 인생을 가져가야 하지만 시대는 좀 더 냉정하고 날카로운 분석과 평가가 필요했다. 역설적이게도 2022년은 과학적이고 정확한 현실에 근거하지 않을 때 모습이 어떠한가를 선명하게 드러내 보여주고 있다.

민주노총의 영향력은 30년 전에 한 개 사업장의 파업과 투쟁보다 못한 실정이다. 총파업은 뻥파업이라 누구도 신뢰가 없다. 대사업장과 전교조 등은 하청과 비정규직 노동자를 밀어내고 있다. 제3당으로 빛나던 진보정당 민주노동당은 분열로 갈가리 찢겨 있다. 당과당원들 간의 상처와 갈등은 단결을 방해하는 지경이다.

2016~2017년 촛불혁명 그리고 인공지능, 4차 산업혁명은 완전히 새로운 환경을 만들고 있다. 노동조합 조직도 진보정당도 시대의 변화를 읽는데 낡거나 외눈박이로 한참 뒤쳐지고 있다. 시대와 대중의 요구는 대의제 가짜민주주의에서 추첨제 직접민주주의로 바뀌고 있다. 애플, 페이스북, 트윗, 카카오 등 인터넷 플렛폼 자본주의는 기존에 경험하지 못한 자본을 경험하고 있다. 노동운동이 고민해야 할 시대적 환경과 과제다. 주권자 시대 주민은 프롤레타리아 독재에 기반한 혁명이론에 변화를 요구하고 있다. 특정 엘리트 집단과 정당의 한계는 평범한 시민의 직접민주주의 주민자치와 마을연방민주공화국의 주권자시대를 열어가고 있다.

학교 노동현장의 소외

학교는 자유, 정의, 평등, 민주시민교육을 학습하고 성장하는 공간이다. 학교는 차별이 있어서는 안 된다고 교육하는 곳이다. 외향은 온갖 좋은 말로 치장을 하고 있는 공간이기도 하다. 그러나 불행하게도 학교는 교육 본원의 내용을 담아내지 못하고 있다. 교육감은 막강한 권한을 행사한다. 교장, 교감이 되려는 자들로부터 신적 지위를 교육감은 누리고 있다. 학교의 교장은 교육감의 그 권한을 똑같이 학교에서 행사하고 있다.

학교는 노동조합도 많다. 전교조가 있다. 행정실장 노조가 있다. 학교공무원노조가 있다. 학교비정규직노조도 있다. 또 어떤 노조가 있는지 알 수 없다. 1995년 민주노총이 출범하기 전부터 산업업종별 노조 깃발을 높이 들었는데, 학교라는 공간에 노동조합이 왜 이렇게 많이 있어야 하는가? 선생이 노동자라는 존재를 명확히 하고 있다면 학교 모든 구성원들이 하나의 노동조합으로 묶이지 못하는 것은 부끄럽다. 전국교직원노동조합은 전국교사노동조합으로 이름을 바꿔 달던지, 아니면 학교의 모든 종사자를 하나의 단일한 노동조합으로 묶어세우는데 앞장서야 한다.

학교에는 특수고용직 노동자들이 있다. 학교에서 가장 소외되고 인정받지 못하는 노동자들이다. 특수고용노동자가 적은 관계로 이해와 요구를 대변할 수 있는 통로가 사실상 없다. 이 장에서는 학교 특수고용노동자로서 당직기사를 살펴보려고 한다.

당직은 학교에 사람들이 없는 시간에 학교 보안을 책임지는 위치에 있다. 평일에 학생과 선생님, 직원들이 학교를 떠나는 시간부터 아침 출근시간까지 당직이다. 휴일은 당직이다. 예전에는 당직을 선생님이나 직원들이 섰다. 학교 업무에 분화가 발생하면서 당직도 전문으로 하는 직업이 되었다.

1. 근무시간

▶현재 실태

- 학교에는 당직자들이 있다. 2인이 하루씩 교대로 일한다. 당직기사는 평일에 16시간, 공휴일과 토, 일에는 24시간 근무를 하고 있다. 당직실 공간은 일하는 곳이며, 잠을 자는 침실 공간이다.
- 당직자는 평일에 4~6시간 공휴일, 토, 일에 7시간을 근무시간으로 인정을 받고 있다. 이것도 학교에 따라 약간의 차이가 있다.
- 짧은 근로시간 인정에도 월 학교 근무자 중에 가장 많은 시간을 학교에서 보내고 있다.(월 근무 1명이 270~280시간, 두 명이 550시간 내외)

▶문제 지점

- 당직기사는 특수고용직으로 기본 근무 인정시간이 너무 짧다.
- 근무로 인정받는 시간은 평일 4-6시간, 공휴일(토, 일)은 1시간 보탠 7시간이다.
- 아파트 등 경비업무 종사자들의 노동환경이 조금이나마 나아진 것에 비춰 볼 때 학교는 여전히 낡은 노동관행에 놓여 있다.

◆기본적인 문제점

- 한국자본주의의 근간을 이루고 있는 노동의 차별, 직무의 차별이 깊게 깔려 있다.

- 당직기사는 특수고용직으로 근로시간을 너무 짧게 인정받고 있다.
- 침실공간에 대한 복지조건이 없다. 1년에 몇 사용하지 않는 공간도 예산을 들여 치장을 하지만 당직기사의 복지는 개념이 없다.
- 심지어 당직실은 누구나 마음대로 드나든다. 침실공간이 더럽혀지고 여러 가지로 지저분해질 수밖에 없다.
- 학교에 상주하는 절대 시간이 가장 긴 당직기사임에도 노동시간, 복지, 임금 등 노동사각지대에 놓여 있다.

2. 임금

▶현재 실태

- 특수고용직 근무자들은 시간 근무 최저임금을 받는다.
- 평일 4-6시간, 공휴일 7시간을 근무로 인정해서 월 95시간 내외가 된다.
- 95시간 최저임금은 80만원을 조금 넘는다. 식대비가 65,000원 더해진다.(연차에 따라 식대가 조금씩 는다.)
- 월 근무시간 비례로 추석, 설에 275,000원 지급된다.(연차에 따라 추석, 설 상여금이 조금씩 는다.)

▶문제 지점

- 특고로 취급되면서 근무시간 최저시급의 임금 외에 인정받는 것이 없다.
- 학교에 상주하는 시간은 평일 16시간 공휴일 24시간임에도 근무인정시간외에 아무런 보전이 없다.
- 학교는 공공기관이고, 당연히 서울시(지자체) 생활임금을 받아야 하는데 그렇지 못하다.

◆기본적인 문제점

- 학교에 상주하는 절대 시간이 가장 긴 당직기사임에도 짧은 근무 시간 인정은 저임금을 지속시키고 있다.
- 학교는 지자체 생활형 임금에서도 배제되고 있다.
- 추석, 설 지급 떡값도 50만원이라고 해놓고서 단시간 근로자로 인정해서 시간비례 떡값을 지급하고 있다.(275,000원)
- 아파트 등 감시직 노동자의 처우조차 따라가지 못하는 민주시민교육 학교의 특수고용직 임금 실태다.

3. 노동조건

▶현재 실태

- 근무시간, 임금은 심각한 차별이다. 다른 노동조건에서 특고 노동자는 차별이라 말할 수준도 아니다. 아예 관심 밖이다.
- 학교 구성원이라는 인식이 없다시피 한다.
- 잠을 자야하는 당직실은 침실에 대한 이해가 없다.
- 공휴일, 방학에 식사를 해야 하는데 근무자가 알아서 해결해야 한다.

▶문제 지점

- 학교는 일 년 내내 공사를 하다시피 한다. 엄청난 돈이 들어간다. 그러나 가장 긴 시간 상주하면서 잠을 자야하는 당직기사에 대한 인식은 형식적이다.
- 특고 노동자에 대해 구성원이라는 인식이 필요하다.
- 학교에서 잠을 자야하는 특성에 따라 침실공간에 대한 조건이 구비되어야 한다.

- 공휴일은 하루 세끼, 방학에는 저녁식사를 해 먹어야 한다. 식사에 대한 인식과 조건구비가 되어야 한다.

◆기본적인 문제점

- 근무시간의 불합리성, 저임금의 특고노동자를 유지 존속하는 것은 학교에서 약한 자에 대한 차별이다.
- 학교의 구성원임을 확인하고 문제를 적극적으로 해결해야 한다.
- 학교는 자유, 민주, 평등, 평화, 인권 등 민주시민교육의 기본적인 현장이다.
- 학교가 사회의 흐름을 앞서가지는 못하더라도 뒤떨어지는 모습은 학교의 정체성을 묻지 않을 수 없다.

망국이라는 출산절벽, 인구절벽 유감

한국은 없어진다. 한국의 국가경쟁력은 사라진다. 한국의 인구절벽을 우려하는 목소리다. 모든 언론은 인구절벽으로 인해 한국이 곧 망할 것이라는 논조다.

남한은 인구가 5천만이 넘는다. 100년 전만해도 남한과 북한을 합친 한반도의 인구는 2천만이었다. 남북을 합친 2천만도 절대 적지 않다. 그런데 지금 남한은 5천만이 넘었다. 그 절반은 수도권에 몰려 살고 있다. 기형도 이런 기형이 없다. 왜곡과 기형의 절대다.

그렇다면 한국의 인구는 얼마가 적정한가? 1억, 2억, 3억... 10억이라야 하는가? 도대체 한국의 인구는 언제까지 계속해 늘어야 하는가? 늘어야 하는 이유는 무엇인가? 줄어들면 안 되는가? 한국의 인구가 1천만이면 행복하지 않을까? 18개 광역시도에 50~100만 정도의 인구를 고루 가지면 안 되는가?

늘어나는 인구로 인해 자연의 파괴, 환경 재앙은 갈수록 크고 깊다. 버려지는 음식물 쓰레기는 그만큼 자연과 환경을 파괴하고 있다. 지칠 줄 모르는 과소비는 하늘과 땅, 강과 바다를 쓰레기로 전락시키고 있다. 플라스틱으로 대변되는 쓰레기 전쟁은 이미 도시와 도시, 국가와 국가 간 갈등과 싸움을 야기하고 있다.

다시금 묻자. 한국의 적정인구는 얼마인가? 왜 인구는 계속해서 늘어야만 하는가? 왜 우리는 그런 생각에 아무런 비판의식 없이 수용하는가?

자본과 권력은 철저히 이윤논리다. 이윤을 만들지 못하는 모든 논리는 죽여야 한다. 아예 존립을 허용하지 않는다. 인구절벽이라는 과대망상은 철저히 자본과 권력의 논리다. 괴벨스의 장난질에 부화뇌동이다. 1~2%를 제외한 국민의 재산을 다 합친 수십, 수백 조를 가지고도 탐욕의 끝은 없다. 팔아야 한다. 탐욕을 쌓아야 한다. 인구는 자본과 권력의 아가리다.

국가경쟁력으로 포장한다. 자본과 권력이 매긴 경쟁의 순위는 절대적 가치를 부여받는다. 경쟁의 순위에서 탈락하면 한국이 사라지는 것처럼 호들갑이다. 누구를 위한 경쟁력인가? 자본과 권력의 탐욕을 쌓는 국가경쟁력이다. 우리는 지나치게 많은 것을 먹고 누리고 있다.

나눔과 정이 있는 사회로 전환한다면 지금보다 훨씬 적은 국가의 부로도 모두가 배부르고 등 따스하게 살아갈 수 있다. 중앙집권적 자본과 국가체계는 인간의 욕망일 수 없다. 자본과 권력의 인구절벽 이념을 탈피해야 한다. 한국의 인구는 지금도 너무 많다.

지구상에는 수천에서 수십만 수백만의 인구에도 최상의 복지국가, 인간의 탈을 쓴 국가, 나눔과 정이 있는 복지 국가를 만들기 위해 노력하는 나라들이 많다. 커지면 중앙집권화 된다. 커지면 제국주의가 된다. 이웃을 해치고 전쟁을 일으킨다. 세상은 작아져야 한다. 분권화 되어야 한다. 마을공화국의 정신이다.

함께 사는 세상이 되도록 해야 한다. 우리가 자주 쉽게 입에 올리는 나라들은 인구가 적다. 스위스, 스웨덴, 핀란드, 덴마크, 베네룩스 3국 등 모두 인구가 많지 않다. 국가경쟁력은 돈이 많고, 무기가 많고, 인구가 많은 데 있지 않다. 국가경쟁력은 인간의 모습을 한 존엄과 가치에 있다.

한국의 인구는 1천만이 좋겠다. 서울공화국은 해체해야 한다. 서울 (수도권) 인프라, 예산집중은 중지하고 끝내야 한다. 각 시도에 50만 내외 정도의 인구가 고루 살면 좋겠다.

모든 권력의 일 순위는 마을로부터 세워져야 한다. 직접민주주의 마을공화국이다. 자본과 권력의 탐욕을 쌓는 인구절벽 이념은 쓰레기통에 처박아야 한다. (2021. 2. 13. sns)

구조 조정, 빅딜, 그리고 함께 울고 웃자

IMF 사태가 벌어지고 우리나라는 엄청난 변화와 시련을 극복해야 하는 과제를 가지게 되었다. 나는 IMF가 우리나라에 끼치는 영향에 대해서는 크게 할 말이 없는 사람이다. 단지 기억에 남는 것이 1985년 서울에서 있었던 IMF, IBRD총회 반대 시위 때 끌려가 구류 10일을 살았던 기억이 떠오른다.

여하튼 IMF 사태가 터지고 우리나라는 각 부분에서 구조 조정이라는 심각한 상황이 벌어지고 있다. 때때로 이러한 구조 조정은 망둥이가 뛰니까 꼴뚜기도 뛴다는 식으로 별 문제가 없는 사업장에서까지 노동자의 생존과 관련한 위협을 자행하는 것으로 나타나고 있으며, 매출액이 늘고 있음에도 임금과 관련한 제반 근로 조건에서 동결과 악화를 가져오고 있다. 참으로 답답하고 한심한 작태가 아닐 수 없지만, 사회적 분위기에 편승한 사용자들의 억압에 당할 수밖에 없는 실정에서 내가 할 수 있는 일이라고는 욕뿐이다.

기본적으로 자본가들의 탐욕과 이기심에 대해 분노와 투쟁을 할 수밖에 없다는 생각. 그리고 정부의 정책에 있어서 반노동자적 측면 즉, 이러한 노동자들의 투쟁에 대해서 자르고 구속한다면 이에 상응하는 만큼 이러한 사태를 야기한 정치권력과 재벌 등의 책임을 규명하고 처벌해야 하는데도 방치하는 상황이 한심함을 먼저 말해 두고 싶다.(그렇지 않으면 오해가 있을 수도 있기에)

내가 이 글을 띄우게 된 것은 책임과 반성 그리고 화가 나는 일에 대해 함께 생각하고자 하기 때문이다. 그것은 다름이 아니라 구조 조정에 따른 산업 구조 개편 과정에서 나타나는 일부 노동자들의 행태에 대한 것이다. 지난여름의 5개 은행의 퇴출에서도 있었던 일이지만, 최근에 5대 그룹의 구조 개편에 따른 빅딜과 관련된 사업장의 움직임이 그것이다. 이미 다들 아는 것처럼 삼성자동차와 대우전자가 빅딜을 하기로 했는데 이들 사업장의 노동자들은 격렬하게 반발하고 있다. 그런데 이러한 반발은 어쩐지 꼭 코미디를 보는 것 같다.

대우전자 노조와 사무직 비대위는 "현재 부산 정서는 시민폭동까지 일어날 분위기"라며, "빅딜 철회 투쟁을 계속 전개해 나가겠다.'고 하고 있으며. 삼성자동차 연대투쟁위 위원장은 "삼성의 좋은 이미지를 위해 강경 대응에는 신중한 태도를 취할 것이다", "우리는 삼성에서 자동차를 만들고 싶지 대우에서는 아니다.'라고 말하고 있으며 현장의 분위기는 "삼성이 우릴 배신하면 우리도 삼성을 배신할 것"이라는 것이다.

이러한 행태에 대해서 이들에게 우선적으로 그럼 어쩌자는 거냐고 묻고 싶다. 계속해서 재벌 체제를 끌고 가자는 것인지, 경쟁력도 없고 망할게 뻔한 기업을 그냥 두자는 것인지. 도대체 무얼 어쩌자는 것인지 나 같은 사람은 잘 모르겠다.(나 같은 사람들도 이해할수 있도록 대안이 제시되었으면 좋겠다)

IMF를 맞게 된 원인이 어디에 있었는가, 대안과 해결책은 무엇인가에 대한 질문과 답변에서 이미 우리는 많은 부분을 공유하고 있다고 본다. IMF 사태의 원인은 역대 정권과 아울러 문어발식 성장을 해온 독점재벌들과 금융권에 있다는 것은 부정할 수 없는 사실이다.(이를 부정한다면 할 말이 없다.) 그렇다면 각론에서는 세밀한 접근이 필요할망정 총론에서는 분명한 해답이 주어진 것이다. 구조 조정, 빅딜과 관련해서 반발을 보이는 사업장 노동자들에게 그들이 먼저 해야 할 일을 말하고 싶다.

첫째, 대내외적으로 통렬한 자기반성을 천명해야 한다. 물론 우리가 무슨 책임이 있느냐고 항변할 수도 있지만 실상이 그렇지 않다. 삼성자동차의 경우를 보자. 21세기에 세계 자동차 시장이 어떻게 재편될 것인가는 그간에도 매스컴을 통해서 많이 보도되었다. 뿐만 아니라 협소한 국내 시장에서 기존의 자동차회사도 몇 개씩이나 되는데 뛰어들었다는 것은 국가 경쟁력을 약화시키는 것으로 이미 분명히 지적된 상태이며, 특히 그것이 그룹 이건희의 개인적인 욕심과 취향에 의한 선택이었다는 것은 너무도 잘 알려진 사실이다. 물론 이들 사업장의 노동자들이 주장하는 바를 무시하는 것은 아닐 뿐더러 많은 부분 공감한다. 그러나 그것은 통렬한 반성이 주어질 때 공감대를 넓힐 수 있다. 이것은 퇴출 은행 노동자들도 마찬가지라고 본다. 왜 그런지는 시민들에게 물어 보라. 일반 서민들은 단돈 5백만 원 대출 받는데도 별의 별 보증을 요구하는 은행의 높은 문턱에 대해 얼마나 원성이 높은지 모두들 잘 알고 있을게다. 그러나 재벌들에게는 수백, 수천억 원을 아무런 대책도 없이 빌려 주고 떼이지 않는가 말이다. 그대들이 누리던 기득권에서 소외되어 왔던 많은 일반 사람들과 명예퇴직금이 무언지도 모르는 노가다들. 순식간에 수천만 원씩 손해를 본 자영업자들을 생각해 보라.

둘째. 진지하고 겸손한 접근을 해야 한다. 지금 보이는 것과 같은 그런 식의 태도를 견지해서는 도대체 불순한(?) 사람들 말고는 투쟁의 정당성을 인정받기가 어렵다. 지역주의에 편승하려는 인간들, 노동자들의 투쟁 속에서 간부 지위를 보전하려는 사람들을 빼 놓고는 말이다. 부산 지역 정서가 폭동이 일어날 분위기다, 삼성맨으로서 자존심을 지키고 싶다는 식의 말이 도대체 무슨 정당성을 가질 수 있는지 모르겠다. 당장 삼성자동차의 경우 노동자의 기본 조직인 노동조합에 대한 이해('삼성' 소리에 사로잡혀 마치 노조가 없는 것이 삼성의 자랑인 것처럼 여기는 삼성의 풍토)에 대해서조차도 어떻게 하지 못하면서 말이다. 이게 코미디라면 웃기라도 할 텐데…….

셋째, 책임 규명에 나서야 한다. 국가 경제를 이렇게 만든 책임 자들에 대해서 준엄하게 단죄할 수 있도록 각각의 사업장에서 책임을 밝혀내야 한다. 그래서 더 이상 무책임한 재벌들의 행태를 좌시하지 않겠다는 의지를 밝혀야 한다. 그래야 현재 진행되고 있는 구조 조정에서 많은 국민들이 인식하고 있는 것처럼 노동자만이 고통을 전담하는 양상을 벗어날 수 있다. 정부에서 못 하고 있는 단죄를 우리 손으로 할 수 있는 토대를 만들 수 있는 것이다. 그렇지 않고서는 투쟁의 의미도 반감될 뿐 아니라 재벌들의 못된 행태를 바로잡을 수도 없다.

넷째. 올바른 정책과 대안을 내놓는 데 힘을 써야 한다. 지금처럼 빅딜 반대, 우리 사업장 만세 식의 투쟁은 아무런 해결점을 가질수 없으며, 조만간 투쟁의 동력을 상실하고 말 것이다. 국가 전체의 경쟁력을 높일 수 있는 정책과 대안을 가질 수 있도록 제반 투쟁을 조직화해야 한다. 그래야 정부에 대해 제기하고 주장할 수 있는 정당성을 무기로 가질 수 있으며, 현재의 왜곡되고 굴절된 경제 구조를 바로잡을 수 있을 것이다. 나아가 정치, 사회, 문화 등 여타의 부분까지도 확대시킬 수 있을 것이다.

마지막으로 공허한 주장과 구호를 남발하지 말자. 퇴출 은행의 노동자들이 은행의 비민주성과 재벌에 영합하고 정권에 쪽 못 쓰는 데 대해서 그간에 문제 제기하고 지속적인 투쟁을 전개했다면, 지난 투쟁에 있어서 더욱 더 많은 사람들의 지지와 정당성을 확보했을 것이다. 빅딜 반대가 아니라 빅딜을 통해서 국가 전체적으로 어떻게 경쟁력을 높이고, 노동자들의 일자리를 보전할 것인지에 대해 투쟁해야 한다. 현재의 주장들을 보면 같이 망하자는 것으로밖에는 다가오지 않는다. 이제라도 성숙된 주장과 대안을 가지고 함께 하는 투쟁이 되는 데 집중 했으면 한다.

추신 : 이 글을 보고 도대체 너는 뭔데 그러냐고 생각하는 분들이 있다면, 부족하지만 나는 이런 정도의 주장은 할 수 있는 사람이라고 말하고 싶다. 남들 못 가는 대학엘 가서 나도 조용히 공부하고 졸업했다면, 사는 데 지장이 없었을 사람이었지만 열심히 운동하고 별 달고 노동자 생활하고 하면서 생활보호대상자보다 못한 경제적 조건에서 일했으니까 말이다. 그리고 더불어서 말하면 아직도 많은 활동가들이 이렇게 활동하는 게 현실이다.(물론 예전보다는 많이 나아졌지만) [인물과 사상 1999년 2월호]

새는 건강한 몸통이 있어야 난다는데

『말』지 1월호 매끈한 종이에 아름답게 씌어 있는 글 하나가 나의 시선을 끌었습니다. 박노해에 대한 인터뷰 기사였습니다. 기사의 전체 적인 내용이 일단은 상당히 아름답게 수놓아져 있다는 느낌을 받았습니다. 인터뷰 내용보다도 기자의 곁들임이 훨씬 멋있게 보였습니다. 거두절미하고 이렇게 글을 쓰게 된 것은 『말』지에 실린 기자와 박노해의 대담에 대해 아쉬움과 안타까움이 교차하는 마음을 지울 길이 없었기 때문입니다. 글 전체에 대해 종합하여 서술하기는 어렵고, 본문에 있는 대로 생각하는 바를 밝히고자 합니다.

박노해에 대한 첫 느낌은 노동자 출신으로서 노동자. 민중의 아픔과 고통을 너무도 절절하게 표현해 냈던 시에 대한 감동이었습니다. 뛰어난 문장으로. 사상적 경도는 있었지만 투쟁을 실천적으로 치열하게 펼쳐 냈다는 것입니다. 실제 운동적 측면에서의 차이도 그 감동보다 더 크지는 않았을 것입니다. 박노해는 말하고 있습니다.

87년 이후에 세계가 급변하고 있었는데, 책임 있는 지도부의 한 사람으로서 현실 변화를 좀 더 빨리 감지하고. 좀 더 열린 진보를 이루고, 겸손하고 순수했더라면……. 그 당시만 해도 저는 제가 정말 순수하다고 확신했거든요. 그런데 나중에 죽음 앞에 서서 정직하게 성찰해 보니 내 안에도 엄청난 야심이 숨어 있었어요. 1987년 이후의 세계 변화에 대하여 특별한 의미 부여를 하지 말았으면 합니다. 지금껏 역사의 변화는 항상 그랬었습니다. 다소간의 흐름에 차이는 있었을지언정 변화하지 않는 역사가 어디 있었겠습니까?

그 변화라는 것을 능동적이고, 진보적인 변화로 만들어 가는 것이 주체에게 주어진 책임과 과제일 것입니다. 겸손하려고 노력할 필요도 없다고 봅니다. 더불어 중심을 가졌으면 합니다. 말장난처럼 보일지 모르지만, 진정한 겸손과 겸허함은 치열하게 운동하는 자로서 살아가는 모습에서, 대중과 끝까지 함께 하는 모습에서 녹아나는 것으로 받아들인다면 새삼스럽게 부각시킬 문제는 아닐 것입니다. 지금은 변화의 시대. 격변의 시대입니다. 변화하지 않으면 변해서는 안 될 것까지 무너져 버립니다. 과거에는 절대 변해서는 안 될 것을 이념과 조직이라고 생각했어요. 저는 이념과 조직은 변할 수 있지만 사람과 삶은 변해서는 안 된다고 생각합니다. 이념에서 삶으로. 조직에서 사람으로, 계급에서 개인으로 새로운 창조를 해야 합니다. 그래야 계급적 진실도 이념과 조직의 진보성도 지켜질 수 있습니다. 저는 열린 감성을 가진 사람, 생활 속에서 진보를 실천하는 사람, 전심전력으로 작은 것에 정성을 다하면서 그 실천의 축적을 통해 큰 것을 바라보는 사람에게서 희망을 봅니다. …… 사인을 한다는 것은 그 사람의 인생에 나를 새기는 엄숙한 서약입니다. 저는 내일 다시 죽음이 온다고 해도 변함없이 첫 마음대로 살아 갈 것입니다.

변화해야 합니다. 소위 말하는 운동권 진영에는 변화해야 하는 시대의 요구와 민중의 요구에 부응하지 못하고 끝없이 기존의 것들을 부여잡고 있느라 새로운 흐름에 함께 하지 못하는 한계와 그로 인한 많은 문제점이 있다고 봅니다. 물론 구체적인 대안까지 내놓으라고 한다면, 스스로도 많은 고민을 더 해야 할 것입니다. 그러나 변하는 것도 무원칙한 것일 수는 없다고 봅니다. 박노해의 '이념과 조직은 변할 수 있지만 사람과 삶은 변해서는 안 된다'는 말에 대해서는 무엇을 말하려고 하는지 이해하기 어려운 부분이 있습니다. 사람과 삶 또한 변하는 것이 아닌지요. 변해서는 안 된다는 말 속에는 철학적인 개념이 내재 되어 있는 것으로 보이는데, 설사 그렇다 하더라도 마찬가지일 것입니다. 사람과 삶도 역사의 역동성 속에서 함께 할 때 살아 움직이는 사람이고 삶이 될 것이기 때문입니다.

신세대의 문화감성적 진보성과 30대의 사회정치적 진보성이 결합 된다면 21세기를 주도하는 새로운 흐름이 나올 것입니다. 누가 뭐래 도 21세기의 주역은 신세대입니다. 운동의 두 축은 좋은 사람과 좋 은 싸움이에요. 조직이나 집단의 눈치를 전혀 안 보고 주체적으로 서로 연대하고 공동선을 이뤄 가는 개인. 이런 개인이 가장 진보적 인 조직이라고 생각해요. 운동가야말로 그런 지구시대의 주체적인 개인인 참사람이이어야지요.

신세대가 해결의 열쇠가 될 수는 없을 것입니다. 신세대의 긍정 성도 주체적으로 높여 가야 할 문제겠지요. 박노해가 말하는 개인이 어떤 개인을 말하는지 이해하기 어려웠습니다. 언뜻 판단되기로는 승화된 주체적 인간형이라는 의미로 다가오는데. 이런 식의 해법은 운동에 도움이 되지 않을 것으로 판단됩니다. 사회적 존재로서의 사 람과 개인에 대한 문제에 분명한 결론이 주어져야 박노해가 말하는 개인에 대한 어떤 의미 규정이 이루어질 것 같습니다.

사회주의에는 세 가지가 있습니다. 첫째는 현실 체제로서의 사회 주의입니다. 둘째는 이념으로서의 사회주의입니다 . 셋째는 가치로서 의 사회주의입니다. 가치로서의 사회주의 운동은 지원할 생각이지만, 저는 가치로서의 사회주의자도 아닙니다. 우리가 놓쳐 온 것은 좌우 날개의 균형은 몸통이 잡아 준다는 사실입니다. 새는 강인한 심장과 날카로운 눈과 지혜로운 머리를 가진 튼튼한 몸통이 있어야 날 수 있습니다. 보수 사회를 정확히 꿰뚫어 보는 통찰력. 미래를 내다보는 투시력, 삶의 속살을 살찌우는 생활력. 극좌에서 극우까지도 넉넉하 게 품어 안는 포용력. 이처럼 건강한 몸통을 만드는 것이 중요하지 요. 제가 정말 고뇌하고 쫓기다시피 하는 것은 개혁 주체가 될 튼튼 한 몸통 만들기예요. 진정한 진보운동 21세기 진보운동 말입니다.

8년간의 감옥 생활에서 침묵, 절필, 정진하면서 목숨 걸고 탐구한 한 인간의 고뇌에 대해서 우리는 엄숙함으로 받아들여야 할 것입니다. 또한 그가 8년간 겪었던 뼈아픈 고통에 대해서 우리가 감히 무어라 말하기는 어려울 것입니다. 그러나 박노해가 더 이상 지난 세월에 매여 있지 않았으면 좋겠습니다. 지나간 세월에 대해서 더 이상 특별한 의미 부여를 하지 말았으면 좋겠다는 것입니다. 본인의 자유이겠지만. 현재의 모습을 볼 때 최소한 그렇게 하는 것이 좋을 듯싶다는 생각이 듭니다. 감옥에 가기 전과 후의 모습에서 너무나 많은 차이와 변화가 보이기 때문입니다.

물론 그러한 변화를 긍정적으로 볼지 부정적으로 볼지에 대해서는 더 논의할 수 있겠지만, 운동 발전에 정진하는 모습으로서 박노해를 실현하고자 한다면. 8년간의 감옥 생활이 가져다 준 현실과의 괴리가 석방 후에 곧바로 대중과 접촉하면서 매스컴에 본인의 입장을 설파할 만큼 단순한 문제는 아니라고 봅니다. 변화가 큰 만큼 석방된 세상에서 통찰해야 할 정황이 많다고 보이는 것입니다.

과거 진보운동의 꿈은 고르게 부자인 삶이었어요. 그러나 그 꿈은 근본적인 한계에 봉착해 있습니다. 바로 지구가 하나뿐이라는 사실입니다. 지구 형제 가운데 굶주려 죽는 사람이 1년에 1천8백만 명에 달하고, 하루 두 끼 이하로 먹는 사람들, 영양을 섭취하지 못하는 형제들이 20억이 넘어요. 따라서 휴머니즘의 핵심, 도덕성과 진보성의 핵심은 자기 정량으로 살아가고 남의 정량을 갈취 하지 않는 겁니다. 사람은 세 끼 밥을 먹어야지 지식과 정보의 서비스만을 먹고 살 수는 없습니다. 저는 그래서 농사가 중요하다고 봐요.

과거와 현재. 미래를 아우르는 우리의 삶과 운동의 꿈이 "고르게 부자인 삶"이라는 것은 인간 세상의 자연스런 욕구라고 생각합니다. 그러한 꿈은 결코 근본적인 한계에 봉착하지도 않았습니다. 그것은 인간 이 가지고 있는 속성이기 때문입니다. 실제 그러한 꿈을 이루기 위한 삶과 투쟁은 과거에도 오늘에도 있어 왔고 미래에도 진행될 것입니다. 박노해는 실천 속에서 단련되고 성장한 사람이라고 믿습니다. 그렇다면 표현 양식의 세련됨과 구체성은 높였을지라도, 굴절된 모습은 아닐 것이라고 생각합니다. 또한 사회로부터 차단된 지난 8년의 세월이 결코 운동의 단절이 아닌 성숙이었기 때문일 것입니다. 그런데도 불구하고 박노해가 말하는 농사마을 공동체가 이미 지나간 공상적 사회주의를 연상시키는 것은 무엇일까요? 그리고 열심히 운동했던 사람들이 무언가 다르게 자신을 표현하는 양상이 왜 꼭 자연과 생명을 논하는 모습으로 나타날까요. 아이러니 같기도 하고 한 번쯤은 자연과 생명사상으로 경도되는 사람들의 모습에서, 우리 시대의 아픔을 담고 있는 연구 과제라는 생각도 갖게 됩니다.

물론 지금 생각의 차이는 끝까지 운동하다 보면 하나 되어 흘러갈 것입니다. 그렇지만 흘러가는 과정에서 서로에게 좀 더 굳은 의지와 힘으로 교차되었으면 하는 게 보통의 활동가들이 바라는 모습일 것입니다. 박노해가 가지고 있는 상처는 우리 모두의 상처일 것이라고 봅니다. 또한 그의 긴장된 떨림은 우리의 긴장과 떨림으로 다가서는 엄숙함이겠지요. 박노해의 상처와 긴장된 떨림이 대중과 현실의 역동성 속에서 하나 되어 승화되는 운동의 지평이 되기를 빌어 봅니다. 그것이 기존의 운동을 쓸어 담아 버리는 부정이 아니길 바라는 것입니다. 박노해의 운동 또한 운동의 한 측면이었으니까요.

지금의 내 모습은 사실 많이 화가 납니다. 나라는 인간이 뭘 하고 있는지 답답할 때가 많기 때문입니다. 내가 왜 사나 하는 절망의 심연을 불현듯 깨게 되는 잠자리에서, 그리고 홀로 잠 못 이루는 순간에도 갖게 되니까요. 물론 운동의 중심에 있지 못해서, 운동의 아웃사이더로서 불편한 삶을 꾸리기 때문일 수도 있습니다. 그러나 아픈 상처만큼이나 자신을 보듬어 가기 위해서 노력합니다. 만나는 보통의 사람들과 함께……. 가냘픈 떨림으로 현실과 대중 속에 나를 심어 가려고 부추기고 있습니다. 그러한 감동으로 박노해가 우리 모두에게 다가서길 바랍니다.

박노해가 말하는 것들이 아직까지 내게는 질서와 체계를 세우지 못한 거침과 혼돈으로 다가서는 게 사실입니다. 더불어 솔직할 필요가 있다는 생각을 합니다. 성서에서 말하는 것처럼 나에게 주어진 달란트가 이러하다고 솔직하게 밝히고 그 만큼의 사람을 인정한 토대 위에서 사는 것도 훌륭한 삶이라고 봅니다. 이것저것 되지도 않는 살을 붙이기보다는 말입니다. 예를 들어 노동자를 위해 민자당에 입당했다고 떠들면서도 웃기지도 않는 짓들을 자행하는 민중당 출신의 인간들, 조금은 궤를 달리하지만 한때 〈오적〉으로 유명했던 분이 어느 날 생명을 거론하면서 죽어간 젊은 넋을 욕되게 하는 사람, 이러지 않았으면 하는 게 솔직한 바람입니다. 모쪼록 박노해의 정진과 건투를 빌면서 이만 글을 마칩니다. [인물과 사상 1999년 3월호]

민주노동당 분당

2008년 민주노동당은 분당이 되었다. 탈당은 주로 PD계열의 사람들이었다. NL계열은 탈당을 부추겼다. 너무 일찍 열린 민주노동당의 잔치는 끝나버리고 말았다. 세계 각국의 사회주의, 공산주의 운동사도 분당에 아무런 도움이 되지 않았다. 혁명의 역사도 분당을 막을 수 없었다. 중국의 국공합작은 그냥 교과서일 뿐이다. 신간회나 해방공간에서 좌우합작, 분열의 역사가 가져온 결과는 사례에 지나지 않았다. 하다못해 제갈공명의 읍참마속은 옛날이야기에 불과한 것이었다.

갈가리 찢겨 통합의 기운을 찾을 수 없는 지금의 진보정당은 서로 원수처럼 증오를 내뱉는다. 특히나 정의당, 진보당 양측은 서로 상대방의 잘못을 들추고 지적하며 비난하기 바쁘다. 보고 싶은 것만 보는 외눈박이가 되었다. 악질적으로 통합과 단결을 저해하는 자들도 있다. 만국의 노동자여 단결하라. 노동자는 쪽수다. 단결만이 살길이다 등 입버릇처럼 주장하는 단결과 연대는 진보정당대통합에서는 예외다.

다시금 통합하더라도 찢어질 것이라는 전제를 먼저 앞세운다. 상대방 탓이다. 그러면서 민주당 2중대로 떡고물을 챙기기 위해 최선을 다한다. 물론 서로 민주당 2중대라고 비난의 화살을 쏘아 댄다. 세상의 비웃음은 이들에게 아무런 소용이 없다.

분열된 진보정당은 2011년 12월 다시금 통합진보당으로 하나가 되었다. 통합의 기치를 내걸었던 통합진보당은 19대 국회의원 비례후보를 놓고 충돌했다. 그 결과는 당내 폭력의 생중계였다. 폭력의 주범은 연합으로 특정되었고, 국민의 지탄을 받게 되었다. 다시금 통합진보당은 분열의 길을 걸었다. 총선 후 5개월 만에 진보정의당으로 각자의 길을 가게 되었다. 통합진보당의 분열은 왜 통합을 하려고 했는지 그 취지를 알 수 없게 되었다. 어떤 형태가 되었든 패권주의는 확장되고 공고화된 실체임을 드러내보여주고 말았다.

민주노동당의 분당은 남한 사회 진보정당의 약화를 가져왔다. 한때 20% 지지율을 보였던 민주노동당은 아련한 추억이 되었다. 통합진보당의 분열은 진보정당의 피폐로 작용했다. 유럽은 3~4백년의 축적된 시민들의 투쟁역량을 쌓고 있다. 우리는 일제에서 미제로 외세의 개입에 의해 의제민주주의를 수혈 받았다. 특히나 분단은 국민들의 모든 부분을 구속했다. 남한에서 하나 되지 못한 진보정당의 한계는 너무도 뻔하다. 환상의 나래를 꿈꾸는 것은 자유다.

민주노동당 분당의 주역이었던 분당 3인방과 전진이라는 그룹은 십수 년이 지난 지금 어떤 생각일까? 여전히 분당의 결정을 옹호할까? 아니면 이제라도 분당은 잘못된 것이었다고 성찰을 표명할 수는 없을까? 갈 테면 가라고 분당을 종용했던 연합은 지금도 잘했다고 박수치고 있을까? 표결에서 이겼다고 환호하고 박수치던 이들의 모습에서 성숙한 정치역량을 기대할 수 있었을까?

지금도 정의당, 진보당, 노동당 등 분당 분열의 찬란한 역사를 자랑하고 있다. 진보정당의 분열과 공고화된 패권주의는 많은 사람들로 하여금 진보정당을 떠나게 만들었다. 그렇다고 문재인, 안철수를 쫓아가거나 민주당에 머리를 조아리고 있는 진보정당의 이탈자를 옹호하거나 박수칠 일은 아니다. 그러나 여전히 어느 정당에도 마음을 주지 못하고 길 잃은 철새마냥 둥지를 찾지 못하는 사람들이 많다.

당장 나부터 길 잃은 나그네 신세다. 국힘이나 민주당은 내가 몸

담고 머무를 수 있는 정당은 아니다. 그렇다면 진보정당의 하나이어야 하는데 정의당도 진보당도 노동당도 도무지 마음이 가질 않는다. 내 주변에는 이런 사람들이 많다. 지금이라도 진보정당대통합이 된다면 모두가 당원가입을 할 사람들이다.

당장 2022년 대선과 지방선거에서 분열된 진보정당을 그대로 유지한다면 지지할 정당은 없을 것이다. 여전히 진보정치연합과 진보정당대통합을 간절히 바라고 있지만 분열된 진보정당의 모습을 유지한다고 하더라도 냉정하게 인정할 수밖에 도리가 없다.

정당은 인민이 주인 되는 체제의 도구로서 쓰임이다. 선거대의제는 가짜민주주의이기에 어느 날에는 추첨직접민주주의 세상을 열어갈 것이다. 철들려면 시간이 더 필요한가보다. 철드는 일이 어디 쉬운가!

인민의 지향과 염원이 우선이다

조국 교수가 '진보 양당 감정 있겠지만 접을 때가 되었다.'고 한 오마이뉴스 글에 대해 진보신당의 당원인 윤희용 선생께서 대자보사이트에 '조국 교수, 진보 정당 얼마나 아십니까?'라는 제목으로 진보 편지 형식의 반론 글을 보냈다.

나는 윤희용 선생의 글 주장의 많은 부분에 대해 동의를 하고 윤희용 선생의 주장처럼 이루어지기를 바란다. 그렇다고 하더라도 2011년 현재 시점에서(민주노동당 분당과정을 거치고 3년 세월이 지난 시점)에서 여전히 민주노동당, 진보신당 간 종북주의, 패권주의하는 세력싸움을 하는 것에 맞장구치기 어렵다.

우리가 너무 잘 알아서 문제라고 할 수 있는 맑스의 테제 '만국의 노동자여 단결하라'는 말은 여전히 진리다. 누구나 읊어 대는 '보수는 부패로 망하고, 진보는 분열로 망한다.'는 말도 우리네 역사다. 의무교육 가방끈만 가지고 있다면 누구나 알고 있는 이 말들에 세상사 정의와 진리가 있다.

민주노동당의 분당은 패권주의가 만든 폭력도 큰 요인이지만 개인, 정파 간 권력욕이 앞세워진 결과다. 윤 선생이 지적하듯이 폭력 중 가장 상처가 깊은 게 가정폭력과 조직 내부의 폭력이란 말에 동의한다. 승자독식, 구조화된 폭력의 문제점에 대해서도 동의한다. 문제는 그 폭력의 모든 것이 소위 말하는 '연합' 윗선의 어깨들만의 몫이었냐 하는 것이다.

현재 진보신당에 와 있는 분당의 또 다른 개인이나 정파는 없었느냐 하는 것이다. 이러한 폭력의 문제를 제기하면 양쪽 모두 공히 할 말이 많다. 실제 도긴개긴이라고 할 만큼 어느 정파 할 것 없이 승자독식, 패권적 폭력을 다양하게 발휘했던 역사를 지난 기간 우리는 가지고 있기 때문이다.

또 다른 하나는 '연합'이 아무리 강한 폭력의 일방성을 가졌다고 하더라도 그 시기에 함께 했던 진보신당의 쟁쟁한 얼굴들입니다. 노회찬, 심상정, 조승수 대표 등을 포함해서 단병호 전의원, 정종권, 김형탁, 박창완, 김종철, 박용진, 이재영, 심재옥 등 모두가 분당 이전에 키워진 인물들이다.

심지어 분당의 과정에서 비대위 위원장조차도 심상정전대표였다. 이처럼 엄연한 사실관계가 있음에도 불구하고 '연합'의 패악질만 크게 앞세워지면서 분당의 정당성과 진보대통합의 어려움을 논하는 것은 사실관계의 자의적 해석이라 하지 않을 수 없다.

민주노동당과 진보신당 또는 그 여타의 정파 간 통합과 하나의 조직대오로 묶이는 것에 부정적인 것은 그야말로 가방끈 긴 지식인들의 편협성에 기인한 주장이라 할 것이다. 어떻게 인민의 이익과 지향보다 정파 간 대립과 패권이 더욱 앞세워질 수 있는가 하는 것이며, 그것도 그야말로 자기들만의 노선과 주장에 사로잡혀서 말이다.

윗선의 어깨들, '연합'의 보스들도 깨야 한다.

윤 선생의 지적처럼 오야지의 말 한마디면 모든 게 달라지는 '연합' 대오의 한심한 조직행태에 대해서는 나도 심각한 문제의식과 비판을 가지고 있다. 나는 과거 주사엔엘 대오의 충실한 일꾼이었다. 학생운동시절부터 노동현장 활동, 민주노동당 활동에 이르기까지 엔엘 대오로서 열심히 일한 활동가의 한 사람이었다. 그랬던 나도 2004~5년 민주노동당내 '연합'대오의 비인간적이고 부도덕적 조직문화의 폭력으로 인해 주사엔엘이라는 사상노선을 버리게 되었다. 나뿐만이 아니다. 주변의 자민통 경향을 가지고 활동했던 상당히 많은 사람들이 '연합' 행태에 대해 심각한 문제의식을 가지고 제기하는 상황이었다. 그럼에도 불구하고 '연합'이 여전히 건재하고 당내에서 상당한 권력과 입김을 행사할 수 있는 것은 '연합'조직대오에 상근활동가가 많다는 사실이다. 상대적으로 많은 '연합'의 상근활동가 대오는 중앙당부터 지역의 위원장, 사무국장 등 주요직책까지 맡아 장악하고 있다. 윤 선생도 아시겠지만 지역조직에서 위원장, 상근활동가를 누가 하느냐 하는 것은 그 지역조직의 경향성에 상당한 영향을 끼치게 된다. 그 부분에서 '연합'은 상근활동가를 어떻게든 많이 배출해낸다는 것이다. 예나 지금이나 민주노총 조합원들을 포함해서 진보신당, 민주노동당 일반 당원들 중에는 정파 간 색채와 노선에 대해서 모르는 당원들이 꽤나 많다.

대한민국 사회가 조금이나마 민중지향적 사회가 되었으면 좋겠다고 생각하는 당원들, 활동가나 인간관계에 따라 당의 지향에 대해 가깝게 생각하고 함께하는 당원들이 많다. 그런 당원들의 상당수는 진보정당이 분당되고 분열되어 있는 것에 문제의식을 가지고 있으며 하나로 통합되어 나가길 바라고 있다.

진보정당이 분열되어 힘없는 콩가루가 되기보다는 진보라는 큰 이름으로 하나 되어 나아가면서 문제를 해결하고 극복하길 바란다. 그것이 노동자, 민중의 이익에 부합하는 진보진영의 모습이기 때문이다.

'도로 민주노동당이 아니다'

'세상은 끊임없이 변화하고 발전한다.' 우리가 가지고 있는 철학의 기본이 아닌가! 진보대통합 이야기하면 '도로 민노당'이라는 말들을 한다. 나는 이 말을 아무리 좋게 생각해도 인정되지 않는다. 이미 공식적인 분당의 역사만 3년이 넘었다. 이명박 정부의 반역사적 폭력의 심각성을 더해가는 상황 속에서 국회의원 총선도 지방선거도 거쳤으며, 내부적으로는 각 당의 당원들도 다양해졌다. 각 당의 지도부도 상당한 변화가 있는 상태다. 상황이 이러한데도 '도로 민노당' 운운하는 것은 우리가 가지고 있는 기본철학조차 애써 부정하려는 파벌적 경향의 퇴행이 아닌가 싶습니다.

나는 이십여 년 넘게 함께 했던 엔넬 대오로부터 궤도를 달리했다. 지금도 진보신당보다는 민주노동당에 아는 사람이 훨씬 많다. 노동절 같은 중앙 행사에 참석해보면 민주노동당에 인사를 하게 되는 사람이 훨씬 많다. 나는 여전히 민주노동당의 '연합' 대오의 조직풍토에 대해서는 우리가 극복하고 넘어가야 한다. 그리고 그렇게 해야만 민중이 행복해질 수 있다. 그 몫은 우리내부에서 우리가 해결해야 할 과제다.

인민의 지향과 염원은 야! 네 놈들은 왜 그렇게 늘 쪼개져 있냐! 모든 야당이 하나로 뭉치면 안 되냐 하고 묻기까지 한다. 물론 민주당 등 기존 정당과 진보정당의 일정한 차이가 있음을 알지만 그래도 크게 뭉쳐야 한나라당같은 역적을 이기는 것 아니야 하는 바람에서 나오는 요구다.

우리는 그 차이가 있기에 당장에 모든 야권이 하나로 뭉칠 수 없다는 걸 알고 있다. 그렇다고 진보진영의 대통합까지 할 수 없다거나 독자를 주장하는 것은 그야말로 나만의 리그에 사로잡혀 인민을 내팽개치겠다는 것에 다름 아닌지 묻지 않을 수 없다.

우리는 우리끼리 너무 똑똑해서 문제이고 대중들로부터 너무 앞서 나가서 문제다. 묻고 고민하게 된다.(2011.03.18. sns)

진보진영에 내일은 있는가?

정의당은 혼자서 내일이 있다고 보는가? 진보당은 당을 왜 유지하는가? 노동당은 써클인가? 그 외 운동진영은 각개약진인가, 아니면 이미 문재인민주당 정권에 흡수되어 흔적이 없는 상태인가?

개인이나 가질 법한 자기만족의 자위로 어떻게 세상을 바꾸겠다는 것인가? 그 작고 웃고픈 사상조직노선 등 정파적 패거리주의를 모두 내려놓아라. 인민, 국민에 대한 진정이 있다면 진보진영의 하나 되는 노력을 보여라. 정의당, 진보당, 노동당, 녹색당, 그 연줄로 개인과 단체를 줄 세우고 휘하에 거느린다고 각자도생의 내일이 있는가? 대중들에게 보이는 모습이라고는 민주당 2중대 자리라도 하나 차지하기 위한 몸부림으로 밖에 보이지 않는다.

국민은 바라고 있다. 요구하고 있다. 기득권 양대 정당만이 아니라 진보 진영의 하나 되기 위한 노력 말이다. 새로운 희망을 보고 싶다. 작은 기득권들 내려놓고 지난날의 분열에 대해 국민 앞에 사죄하라. 하나의 깃발로 국민과 함께 하겠다는 선언과 실체를 보여라. 흩어진 개인과 단체를 비롯해 진보운동진영의 하나 된 깃발이 없는 정의당, 진보당, 노동당은 내일이 없다. 국민들의 힘에 의해 가루가 되고 말 것이다. 그룹정파 간 미움과 갈등이 크고 차이가 큰 것이다. 국민들 눈에는 모지리에 배부른 허접이다. 각자가 가진 작은 기득권을 내려놓고 하나 되는 테이블에 나서라.

5%, 0.몇 프로의 희망 없는 정당으로 가난한 당원들 호주머니 터는, 몇 사람 배지와 생계형 정당은 이제 그만 둘 때가 됐다. 차라리 운동단체로 전환하라. 선거 때마다 웃고픈 절망을 보는 것보다

시민운동단체로 활동이 백 번 낫다. 잔챙이 정당이라도 손에 쥐고 당원들 호주머니 턴 돈으로 자위한다면 보탤 말이 없다. IMF 때 했다는 '지금 이대로'가 그리 좋은가!(2021. 6. 12. sns)

추첨제를 매개로 진보진영대통합에 나서자

추첨제를 매개로 인민(국민)을 주인으로 진보진영(정당) 대통합에 나서자.(대선후보니 뭐니 하는 허황된 그림은 이제 그만 그릴 때가 되었다)

대선을 앞두고 수구 국힘과 보수 민주당이 아닌 진보정당이라는 동네에서도 대선 출마 준비가 한창인가 보다. 출마의 근거는 대충 '진보정당이 가지고 있는 목소리를 대중에게 알릴 수 있는 기회의 장으로 삼는다.'는 것이다. 물론 그렇게 해서 당원도 좀 늘고 지지율도 오르면 금상첨화다. 문제는 이런 바람이 전형적인 자기 착각, 자기기만에 지나지 않는다는 현실이다. 대선이라고 해서 유세차량 몇 개 돌리고 홍보물 조금 날릴 수는 있다. 딱 거기까지다. 방송을 비롯한 일간지 등 언론에 보도는 기대할 수 없다. 고로 대중에게 홍보는 사실상 기대난망이다. 당원이 느는 것도 희망사항이다. 지지율도 오르지 않을 것은 너무 뻔하다.

현재 진보정당이라는 동네에서 대선 후보를 내는 것은 한 마디로 당원들 등골 빼먹는 그 이상도 이하도 아니다. 세상을 바꾸자고 진보정당 하는 것 아닌가? 인민의 이익을 위해 진보정당 하는 것 아닌가? 피 같은 당원들 등골이나 빼는 짓을 왜 하는가? 지금과 같은 진보정당의 모양을 유지하려면 당을 해산하는 것이 바람직하다. 운동단체로서 역할 하는 것이 훨씬 가성비가 높다. 꼭 당을 유지해야 할 이유가 있는가? 정파(그룹)의 유지는 당이 아니어도 된다.

무슨 잔챙이들 소꿉장난도 아니고 무엇을 위해 당을 유지하고 대선 출마의 깃발을 든단 말인가? 정파의 이익을 유지하기 위한 진보정당이 아니라면 진보진영(정당)대통합에 나서야 한다. 지금 할 일에 최우선은 대통합을 위한 일에 나서는 것이다. 하나도 둘도 셋도 이를 위한 일이다. 서구나 여타 국가의 다양한 좌파 정당의 사례와 역사는 우리와 다르다. 오랜 시간 좌파진영의 투쟁과 축척을 통해 집권당, 제1야당 등 과정을 가진 국가와 우리는 사례와 비교가 어울리지 않는다.

진보대통합의 열쇠가 있다. 바로 추첨제다. 직접민주주의다. 당의 직접민주주의 실현이다. 선거제가 아닌 추첨제의 도입이다. 빌어먹을 자본제로서 선거제를 취하기에 온갖 더러운 이전투구와 갈등, 분열과 상처, 후유증으로 파산한다. 솔직히 함 말해보자. 권영길, 노회찬, 심상정 중에서 누가 하면 어떤가? 무슨 차이가 얼마나 있는가? 당내 주인으로서 당원들의 직접민주주의가 실현되는 토대에서 누가 당직과 공직을 하는 것이 그리도 중요한가?

추첨제로 당직과 공직후보를 뽑았다면 절호의 기회를 날려버린 일산 킨텍스 사건도 없었을 것이다. 민주노동당의 분당과 통진당의 와해가 발생하지 않았을 것이다. 엔엘, 피디가 뭣이 그리 다른가? 최근까지 하는 짓을 보면 민주당 2중대를 누가누가 더 잘하는가 하는 모양새다. 대선후보를 정의당의 심상정이면 어떻고, 진보당의 김재연이면 어떤가? 노동당, 녹색당 등 마찬가지다. 지역위원장이든 서울시당 위원장이든 당 대표든 공직후보든 하고 싶은 사람은 모두 나와서 추첨제(사다리, 윷놀이 등)를 하면 된다. 다만, 본 추첨제를 하기 전에 교육(연수) 과정을 설치하고 이수한 사람에 한해 추첨자격을 부여하는 등 방법은 다양하게 마련할 수 있다.

분단국가에서 잘게 쪼개진 잔챙이 정당은 인민(국민)을 배신하는 것에 지나지 않는다. 진보정당대통합에 나서지 않는 정의당, 진보당, 노동당 등 모습은 노선과 상처, 갈등의 골이 깊다고 한다. 이들에게 인민(국민)의 고통과 절망에 대해 절절한 느낌과 아픔이 있다면 결코 분열된 잔챙이로 생명을 연장하는 구차함은 가질 수 없다. 각 당의 대표와 의원들, 당내 주요 그룹은 더 이상 당원과 국민, 역사를 기만하지 말아야 한다. 인민(국민)이 태양처럼 크게 보인다면 당장에 진보진영대통합에 나서야 한다. 그간의 골과 상처가 결코 인민의 이익과 정의, 평등과 해방 위에 설 수 없다.

주인은 인민이다. 인민의 역사를 믿는다면 직접민주주의 추첨제다. 부르주아지 선거제는 결단코 인민제일 수도 민주제일 수도 없다. 진보진영(정당)의 대통합에 나서지 않는 세력은 결국 역사와 인민을 우습게 아는 추악한 정파이익의 소두목에 지나지 않는다.(2021. 8. 26. sns)

진보대통합에 나서지 않는 것은 인민을
배신하는 행위

정의당, 진보당 등 진보진영은 정파의 이익과 패권주의로 불신과 증오가 심각하다. 양쪽의 지지자들 중에는 불신과 증오를 극대화하기 위해 혼신의 노력을 다하는 자들이 있다. 양쪽 모두 서로에게 책임을 전가하면서 믿지 못하고 함께할 상대가 아니라고 낙인을 찍고 있다.

상처와 갈등, 불신과 증오를 다독이고 보듬어도 부족할 상황에 이런 분열적 표현이 어떤 의미를 가지는지 알 수 없다. 국힘, 민주당과 함께 할 수 있어도 진보진영의 상대와 함께 할 수 없다는 이런 태도는 도대체 어떻게 봐야하는가?

거대양당의 패악 질로 국민들의 원망과 분노가 하늘을 찌르고 있다. 문제는 이를 담아낼 그릇이 없다. 갈 곳을 잃은 걸음들이 어지러움에 휑한 가슴에 쌓이는 건 울분과 병마다.

이들이 진정 인민의 이익을 제일로 한다면 진보정치연합과 진보정당대통합에 이르지 못할 이유가 없다. 정의당, 진보당 등 이들은 여전히 정파패권의 이익을 국민의 이익보다 앞세우고 있다.

헬조선의 국민들은 헬조선 지속에 목이 졸리고 있다. 통합보다 분열을 앞세우는 자들이 어찌 인민의 이익을 제일로 하는 진보진영이라 할 수 있는지 의문이다.(2021. 9. 3. sns)

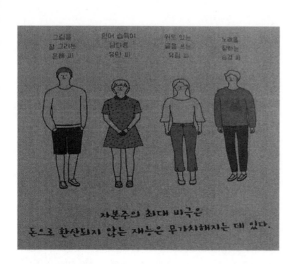

"한국의 학생들은
하루 15시간 동안 학교와 학원에서
미래에 필요하지 않은 지식과
존재하지도 않을 직업을 위해
시간을 낭비하고 있다"

민주시민교육

2010년대 중반부터 민주시민교육이라는 말이 시민사회에 중요하고 널리 회자되는 주제가 되었다. 민주시민교육이 오래전에도 일정하게 주제로 오르내리기는 했었다. 이때까지만 해도 민주시민교육은 인문학 또는 교양 측면으로 이해되는 경향을 띠었다. 민주시민교육을 어떻게 볼 것이냐 하는 문제를 놓고 충돌이 있었지만 민주시민교육은 정치교육이라는데 인식의 합의를 갖게 되었다.

민주시민교육은 민주주의, 시민, 교육이라는 요건을 갖는다. 민주시민교육의 정의로는 '국민이 국가의 주권자로서 국가와 지역사회에서 일어나고 있는 정치현상에 관한 객관적 지식을 갖추고, 정치적 상황을 올바로 판단하고, 비판의식을 갖고 정치과정에 참여하여 책임지는 정치행위가 될 수 있도록, 가정, 학교, 사회에서 습득하는 모든 과정이다.'

민주시민교육에 오해를 불러일으키는 이해들이 있다. 평생교육, 성인교육, 인문학 등으로 이해하는 모습이다. 민주시민교육은 앞서 정의에서도 드러나듯이 평생교육이나 인문학 등과는 확연하게 구별된다. 민주시민교육은 주권자 시민의 주권 행사를 위한 '정치교육'이다.
민주시민교육의 목적은 시민생활에서 국가에 대한 시민의 주권자적 위상을 확립하는 것. 그 이상도 이하도 아니다. 이런 의미에서 민주시민교육은 국가의 시민에 대한 일종의 '정치복지'이다.

논의의 여지는 있지만 민주주의가 발달한 국가일수록 원칙적으로, 그리고 제도적으로, 국가가 책임지는 민주시민교육 체제가 발달해 있다.

- 독일의 정치교육과 연방정치교육원
- 스웨덴의 인민교육과 스웨덴 성인교육 전국평의회
- 유럽연합의 민주시민성교육/인권교육
- 미국의 시민교육과 연방정치교육원

각 국의 다양한 명칭에도 불구하고 영어로 번역될 때는 모두 '시민교육'으로 표기를 한다. 다양한 명칭에도 불구하고 동일한 개념으로 위치 지워지고 있음을 확인할 수 있다.

민주시민교육 망을 갖추는 데 성공한 국가들에서 귀납적으로 확인되는 몇 가지 특징들이 있다.

1. 민주주의가 선행적으로 발당한 나라일수록 민주시민교육의 양과 질이 현격하게 발달되어 왔다.

2. 민주시민교육의 제도적 주체와 교육 활동의 결합방식은 각 국가마다 달리 나타난다.

* 독일 : 제도는 국가가, 교육은 시민 쪽에서 주도
* 스웨덴 : 국가주도권을 쥔 시민세력이 제도와 교육을 운영
* 유럽연합 : 유럽평의회가 전문 활동가, 코디네이터를 육성 시민사회에 안착시키는 형태
* 미국 : 제도적으로나 교육적으로 시민단체 주도

3. 민주시민교육 체제의 성공적 장착으로 국가와 시민의 병행적 민주화가 이루어지며 '정치와 일상이 일치'하고 **민주주의와**

생활이 합체'됨으로써, 국가-시민-동반관계가 공고화 된다.

민주시민교육의 보편화와 심화 그리고 지속화로 민주국가가 명실상부하게 주권자 민주시민의 복지국가로 그 질적 성격을 진화시키고 있다.

4. 전적으로 시민의 욕구에 부응하여 집행된다. 국가는 지원을 하되 교육은 하지 않는다는 민주시민교육의 독특한 거버넌스 구조가 민주주의와 민주시민교육 성공의 공통된 특징이다.

민주시민의 역량 즉 민주시민성은
- 정치적 판단능력 : 모든 사건, 문제, 논쟁에서 사실과 가치의 측면에서 분석하고 성찰적으로 판단할 수 있는 능력.
- 정치적 행위능력 : 표현, 제시, 설득 등 관계에서 적절하게 자기 주장을 전개하고, 합의과정을 이끌며, 타협을 이루는 능력
- 방법론적 활용능력 : 시사정치 문제에 관해 독자적으로 파악하고 방향을 설명하며, 자기 나름의 정치적 심화학습을 조직할 수 있는 능력

민주시민교육은 시민이 국가의 주권자이고, 주권자는 응당 자기 나라의 운영을 알아야 하고, 그래야 국가의 정치가 잘 돌아갈 수 있는 것으로 근거를 갖는다. 민주시민교육은 주권자 교육이며, 민주국가 또는 민주공화국은 당연히 주권자로서 시민의 지위를 가진다.

헌법 제1조 ① 대한민국은 민주공화국이다. ② 대한민국의 주권은 국민에게 있고, 모든 권력은 국민으로부터 나온다. 헌법 제1조에 명시하고 있듯이 주권자로서 권리와 책무를 다하도록 실시간으로 도와주는 것이 민주시민교육이다.

2014년 1월 서윤기 시의원의 발의로 서울시가 제정한 '서울특별

시 민주시민교육을 위한 조례'(서울시의회 조례 제5645호)가 만들어졌다. 민주시민교육의 법제화와 일반화가 시작되게 되었다.

서울시 조례에 따라 2015년 3월 25일 '서울특별시 민주시민교육 자문위원회'가 구성되었고, 동국대(홍윤기 교수) 등 서울시 대학연계 시민대학 프로그램으로 '민주시민교육사 교육과정'이 시작되었다. 민주시민교육의 활성화는 경기도, 성남시, 광명시, 의정부시, 도봉구, 금천구, 강북구 등 민주시민교육조례 제정에 역할을 하게 되었다.

독일의 보이텔스바흐협약은 민주시민교육의 기본원칙으로 회자되고 있다. 1976년 독일의 바덴-뷔르템베르크 주(州)에서 보수와 진보 등 정치적인 입장을 달리하는 서독의 정치교육학자들이 모여 만든 정치교육의 최소조건을 정한 내용이다. 학생들에 대한 정치교육의 수업지침으로 채택되었으나, 현재는 모든 독일 국민을 대상으로 확대 적용되면서 독일 정치교육의 헌법으로 여겨지고 있다.

1. 강제 제압 금지의 원칙
2. 논쟁성 재현의 원칙
3. 정치적 행위능력 배양의 원칙(공적 연대성의 원칙)

민주시민교육을 한다는 개인이나 단체가 먹고 사는 문제를 위한 자리로 비춰지는 비판도 있다. 뿐만 아니라 공모사업 사냥꾼이라는 비난을 듣기도 한다. 민주시민교육은 시민단체의 자리보전과 경력을 쌓는 한계를 넘어서야 한다. 중앙정부와 지방정부의 들러리가 되지 않도록 민주시민교육의 정체성을 높일 수 있어야 한다. 민주시민교육의 주체는 시민이다. 주권자 시민으로서 역량을 제고할 수 있어야 한다. 특히나 입법 사법 행정 등 모든 기관에 민주시민교육을 제도화 할 수 있어야 한다. 주민자치회, 통반장, 이장 등 기초단위 주민들에게 민주시민교육은 기본교육으로 학습할 수 있도록 해야 한다.

초중고대학에서 민주시민교육은 매우 중요하다. 스스로 사고하고 문제를 해결할 수 있으며, 국가와 사회, 이웃과 인류의 현안에 대해 민주적 이해와 인식을 높일 수 있도록 정규시간을 가져야 한다. 북유럽, 독일, 프랑스 등 초중고생들이 자연과 인류의 근본적 문제들에 이슈를 던지고 독립적인 사고와 실천을 할 수 있는 것은 민주시민교육 역량이 그만큼 높은 수준에서 실현되고 있음을 보여주고 있다. 초등학생들이 난민도 우리의 이웃이라며 더불어 살아야 한다는 피켓을 들고 있는 모습은 너무도 인상적이다. 한국의 현실에서는 상상도 할 수 없는 모습이다.

한국사회는 민주주의를 그렇게 읊고 주장하지만 정작 일상에서 민주주의는 대단히 취약하다. 술자리, 토론회, 가정, 인터넷 등 각자의 주장은 2~3회를 넘기기 어렵다. 금방 언성이 높아지고 싸우기 일쑤다. 얼굴은 화나거나 비웃는 표정이 역력하다. 마을과 학교에서부터 일상의 민주주의가 정착될 수 있도록 민주시민교육의 제도화가 필요하다.

직접민주주의

우리가 생각하는 민주주의는 어떤 것일까? 지금 대한민국은 민주주의 국가인가? 나와 공동체는 민주주의 사회를 살고 있는가?

대한민국 헌법 1조 1항은 민주공화국이다. 1조 2항은 주권은 국민에게 있고, 모든 권력은 국민으로부터 나온다. 우리 헌법은 이렇다. 민주주의(democracy)는 국민(인민)의 통치를 전제로 한다. 공화국(republic)은 특정한 개인이나 계급이 지배하는 나라가 아니라 모든 구성원의 나라임을 전제로 한다. 그렇다면 대한민국은 민주공화국이라 할 수 있는가? 혹여 무늬만 그럴 듯하게 포장한 민주공화국 국가이지는 않는가?

여기서 우리는 각자가 질문을 해보자. 대한민국은 국민(인민)이 통치(정치)하고 있는가? 특정한 개인이나 계층, 계급이 지배하지 않은 국가인가? 이 질문에 대한민국은 민주공화국이라고 확언할 수 있는가? 여기서 직접민주주의는 출발한다.

지금껏 우리가 전부로 알고 있었던 선거제, 대의제 민주주의에 대해 의심과 질문을 필요로 한다. 선거는 과연 정당한가? 공정하고 평등하고 정의로운가? 왜 대의제민주주의를 해야 하는가? 선거대의제는 진정한 민주주의인가? 국민이 통치하는가? 국민은 지배를 받지 않는가? 이러한 물음에 확신이 없고, 아니라면 우리는 지금까지 알고 있었던 선거대의제민주주의에 근본적 회의와 변화를 고민해야 한다.

민주공화국은 직접민주주의로서 성립한다. 무늬만 민주주의라는 탈을 쓴 가짜민주주의를 벗어나야 한다. 국민이 직접 주권을 행사하여 국가의 정책을 최종적으로 결정하는 민주주의, 직접민주주의 시대를 열어가야 한다.

시민(인민)이 직접 통치(정치)하고 지배받지 않는 직접민주주의는 오랜 역사를 가지고 있다. 원시공산제 사회는 구성원 모두의 사회였다. 우리가 잘 알고 있는 고대그리스는 민회, 500인 평의회, 추첨제 등 마을단위 직접민주주의 도시국가였다. 직접민주주의는 마을 단위에서 실현되고, 국가는 마을연방민주공화국으로 갈 수 있다.

직접민주주의는 오랜 역사를 가지고 있으며 지금도 지구상 곳곳에서 진행되고 있다. 고대 그리스 민주주의는 수천 명 단위의 폴리스 마을 도시국가였다. 플라톤은 마을단위 직접민주주의로 5천 가구 정도가 적당하다고 했으며, 아리스토텔레스는 얼굴을 알아볼 수 있는 정도의 수가 적당하다고 했다. 고대 그리스는 직접민주주의 민회를 할 수 있는 조건을 가졌다.

외국의 경우 인구 6,500만 명의 프랑스는 1,800명 단위의 코뮌, 8,100만 명의 독일은 7,000명 단위의 게마인데, 3억 2천만 명의 미국은 7,700명의 시티, 820만 명의 스위스는 3,000명의 코뮌(게마인데)으로 직접민주주의의 조건들을 실행하고 있다.

현재 스위스는 직접민주주의에 많은 부분을 드러내고 있다. 마을(게마인데), 광역시도(칸톤), 그리고 중앙권력(연방)에서 연방제로 정치적 책임 영역을 취하고 있다.

게마인데는 가장 기초가 되는 행정단위이며, 우리나라의 지방자치 단체 시군구로 해석되며, 전국에 약 2천 8백 개의 게마인데가 있다. 칸톤은 게마인데가 모여서 칸톤을 이루며 칸톤은 독자적인 헌법을 갖고 게마인데를 감독하는 '주'의 역할을 한다. 입법, 사법, 행정 등은 칸톤 정부가 독자적으로 운영한다. 연방은 26개의 칸톤이 모였다. 스위스의 연방 정부는 통신, 외교, 관세 같은 특정한 업무만 담당할 뿐이다.

스위스는 투표의 나라다. 통계에 의하면 1948년부터 최근까지 열린 국민투표가 500번 이상이다. 지역 단위의 투표까지 감안하면 스위스 사람들은 거의 매달 투표를 하는 셈이다. 최근에는 주민투표의 횟수를 2개월에 한번 씩 1년에 6차례로 투표일을 정하고, 여러 건의 사안을 한 번에 몰아서 투표를 하도록 제도를 개선했다. 한국에서 투표 날이 많으면 나라가 망한다고 여론을 조작하는 언론이나 정치권은 스위스에 물어야 한다. 그렇게 투표를 많이 하고도 왜 망하지 않는지? 아니 어떻게 세계최고의 부를 이루는 국가가 되었는지?

스위스는 국민이 법을 만들 수 있다. 10만 명 이상의 서명을 받으면 주민발의 형식으로 법안 발의할 수 있다. 기존의 법을 폐기하려면 5만 명 이상의 서명으로 폐기안을 제출할 수 있다. 헌법도 바꿀 수 있다. 란츠게마인데는 이러한 스위스의 직접민주주의 역사를 광장에서 보여준다. 광장민주주의는 직접민주제에 의한 최고 의결기구이며, 지역주민들은 광장에 모여 지역의 주요사안에 대해 토론하고 결정한다. 지역주민이라면 누구나 법안을 제안할 수 있고 의견을 내놓을 수 있다. 직접 말하고 새로운 사업을 제안하고 모든 이야기는 바로 정치가 된다.

이에 비해 한국은 시군구 단위는 23만 명 내외, 읍면동은 15,000명 내외의 인구 구성비를 가지고 있다. 한국의 읍면동은 여전히 외국의 사례에 비춰보면 인구가 많다. 1만 명 이내로 좀 더 작게 마을 단위를 이룰 수 있도록 해야 한다. 마을은 직접민주주의를 실행할 수 있는 토양이다. 동장 선출, 주민자치회(마을의회), 예산을 편성, 집행, 결산할 수 있어야 한다.

직접민주주의 마을공화국을 제대로 실행하기 위해서는 가져가야 할 기본원칙이 있다. 추첨민주주의, 보충성의 원리, 연방주의(네트워크) 원칙이다.

추첨제는 누구나 자유롭고 평등하게 시민통치에 참여할 수 있는 기회 부여를 부여하며, 과다·과소 대표가 아닌 다양한 시민을 있는 그대로 반영토록 해야 한다. 아리스토텔레스, 몽테스키외, 루소 등은 추첨은 민주제이고 선거는 귀족제(자본제)라고 설파했다.

보충성의 원리는 활동은 언제나 작은 단위에게 있고, 작은 단위에서 처리할 수 없는 사항에 한해 보다 큰 단위가 보충적으로 처리할 수 있다는 원리다. 인간 존엄성을 근거로 개인이나 작은 공동체의 자율성 확보를 전제하는 것이다. 권력, 권한은 작은 단위에서 뿌리를 두어야 한다.

연방주의는 상하 수직적 통치구조 아닌 상하 수평적(네트워크) 통치 구조를 지향한다. 각각의 단위는 독자적인 권한과 인격을 가지며, 마을·지방·중앙의 다층적 협력체계를 갖는다.

추첨민주주의, 마을공화국, 마을연방민주공화국은 직접민주주의다. 행정과 주민들의 자발성으로 드러나고 있는 주민자치회와 민회는 직접민주주의 운동이다. 직접민주주의 주민자치회와 민회를 질 높게 구현하기 위해 민주시민교육은 더욱 확대돼야 한다.

일자리 54조, 도시재생 50조, 출산장려 100조, 예타면제 20조 등 어처구니없이 낭비되고 있는 돈이 마을에서 주민들에 논의를 통해 직접편성사용 되었다면 어떻게 되었을까? 2022년 607조 국가예산의 4~50%를 3,500개 읍면동에서 직접 예산을 편성하고 집행한다면 어떻게 될까? 마을이 뒤집어질 것이다. 세상의 모든 부조리와 부정의가 사라질 수 있을 것이다. 상상만 해도 즐거워진다. 바뀐다.

주민자치회 더디지만 변화와 희망을 그리다

동(마을)에서 주민이 직접 자치를 한다. 시민의 직접민주주의 마당이 펼쳐졌다. 작지만 크고 위대한 걸음에 함께 할 수 있다는 사실은 얼마나 기쁜 일인가! 주민자치회가 시작된 2018년 1년을 돌아보면서 어떤 장면, 장면에서 드러났던 문제의식을 간략하게 적어 본다.

창2동에 주민자치회 위원을 모집한다는 홍보물이 눈에 크게 들어찼다. 위원이 되기 위한 6시간 의무교육은 2시간씩 오전과 저녁시간으로 나뉘어 3일에 걸쳐서 진행되었다. 주민센타에서 저녁에 교육이 진행된다는 사실만으로도 색다른 공기를 불어 넣었다.

주민자치위원회와 주민자치회는 위상과 성격, 권한과 활동에서 질적으로 다르다. 위원이 되기 위한 6시간 교육에서 공무원의 주민자치회 이해부족이 드러났다. 주민자치회의 정체성을 이해하지 못하는 공무원에 대해 좀 더 체계적인 이해와 학습, 준비의 필요성이 제기되었다. 주민자치회 관련 주민센타 관련 부서의 공무원은 주민자치회가 자리 잡고 발전하는데 중요한 마중물 역할을 한다. 구청과 서울시 주민자치회 사업단 등 유관부서는 공무원들의 협력이 바르게 이루어질 수 있도록 시작부터 지속적이고 체계적인 방식의 다양한 학습이 수행되어야 한다. 민관의 협치는 주민자치회 성장발전에 절대적 영향을 끼친다.

주민자치회 구성에는 남·여, 연령, 단체·개인 등 다양한 측면을 고려해야 한다. 인원은 50명까지다. 여러 구성요소 중에서 굳이 어떤 하나만을 특정해서 주민자치회 인원을 충분히 구성하지 않는 것은 주민들과 밀접하게 연관되고 결합해야 한다는 주민자치회 기본

취지에서 벗어날 수 있다. 3만 명 내외의 주민구성에서 주민자치회 50명의 인원은 많은 수가 아니다. 주민자치회는 주민자치회 조직을 위한, 주민자치회 위원을 위한 자치조직이 아니다. 주민자치회는 철저히 주민들 속에서 존재이유가 있음을 확인할 필요가 있다. 주민총회를 반드시 해야 하는 강제성을 부여받는 이유다.

구청장의 주민자치회 위원들에 대한 위촉장 전달이 있었다. 구청장은 촛불혁명정신과 헌법정신을 제대로 실현하는 조직체로서 주민자치회의 위상을 언급했다. 자치와 분권, 협치로서 주민자치회는 그 출발점에 자리하고 있다. 기존의 동장 체계가 아니라 구청장의 위촉으로 주민자치회의 위상을 한 단계 높인 이유다. 주민자치회 위원들은 3만여 동네 주민들의 손과 발이 되어야 한다. 주민들과 함께, 주민들 속에서 생활하고 활동하는 주민의 자치조직이어야 함을 분명히 했다.

주민자치회는 서울형 주민자치회 조례에 기반하고 있다. 주민자치회는 6시간 사전교육이 선행되어야 한다. 구청장의 위촉을 갖는다. 주민참여예산권, 위·수탁권, 협의권, 자치회관 운영권 등 마을에서 상당한 권한과 책임을 갖는 조직이다. 마을(동)을 대표하는 조직이다. 다양한 분과위를 구성하고, 마을주민 1% 이상이 참여해 토론하고 논의해 결정하는 주민총회를 거쳐야 한다. 주민자치회는 공조직으로서 위상을 가지며, 계획되지 못하거나 불필요한 예산을 가지는 것은 자칫 심각한 문제를 불러올 소지가 있다. 주민자치회 차원에서 위원들로 하여금 별도의 회비 등을 납부하게 하거나 걷는 것은 주민자치회의 위상에 비추어 조심스럽고, 돈에 따른 복잡성은 후유증을 낳고 키울 수 있다.

분과가 구성되었다. 분과 구성이나 이름을 정하는데 있어서 좀 더 위원들의 토론이나 논의과정이 필요했다. 다른 동에서 분과 이름을 '차차차'분과, '빨간볼'분과 등 재기발랄하고 톡톡 튀는 이름을 접하게 되었을 때, 나도 구세대가 되었다는 탄식이 뱉어졌다. 민주적 주민자치회 운영이라는 지점을 살핀다면 분과 구성의 다양성과 위원 각자의 선호도, 분과원들이 분과장을 선출하는 구조가 되어야 한다. 분과는 주민자치회를 끌고 가는 기둥이다. 한 달에 한 번하는 회의는 위원들로 하여금 주민자치회 관심과 참여도를 높여내는데 기여한다.

주민총회는 1년에 한 번 하는 직접민주주의 장이다. 필요하다면 시기별로, 사안별로 얼마든지 할 수 있어야 한다. 사전에 예산과 사업에 대해 동네 다양한 조직관계망을 통해서 주민들에게 충분히 알리고 입장을 정리할 수 있도록 해야 한다. 총회는 지난 1년과 앞으로 1년에 대해 주민들이 최대한 이해하고 공유하고 의견을 표하는 공간이 되어야 한다. 이를 위해 총회 공간은 주민들이 토론하고 발언할 수 있는 조건을 충분히 형성해야 한다. 찬반의 의견을 나눌 수 있는 자리가 되어야 한다. 먹고 마시고 춤추는 축제의 장은 주민자치회 내용을 채우고 복무하는 후순위다. 선후가 바뀌거나 주객이 전도가 되지 않도록 주민자치회의 본질과 내용을 높여 나가야 한다.

주민자치회는 동네에서 정치, 경제, 사회, 문화 등 살림을 책임지는 주민조직이고 자치조직이다. 기존의 주민자치위원회 관성에서 벗어나야 한다. 주민들 속에서 주민들과 함께하고 주민의 생각과 의지, 결정을 제대로 실현하기 위해서 주민자치회 위원들의 학습은 필수다. 주민자치회 위원이 되기 위한 학습도 현행 6시간에서 12시간 이상으로 확대할 필요가 있다. 분과장 이상 임원은 분기별 4시간 이상 의무학습과 위원들은 전후반기 4시간 이상 민주시민으로서 필수학습 이수를 해야 한다.
구청의 해당부서, 동장, 주민센터 담당 공무원 등도 분기별 4시간 이상 필요의무학습을 배치해야 한다.

기존의 주민자치위원회와 혼동을 피하기 위해 이름을 바꾸는 것도 고려해야 한다. 단체 몫 40%는 10%로 낮춰야 한다. 주민자치회 지원관, 사업단은 주민자치회 정체성에 대해 높은 인식을 구현하고, 사명감을 가져야 한다. 촛불정신과 민주공화국이라는 헌법정신을 뿌리내리는 공간으로서 주민자치회다.

읍·면·동장을 주민이 직접 선출하는 날이 기다려진다. 읍·면·동장, 주민자치회 위원들까지 추첨제가 도입되고, 보충성과 마을연방이라는 멀지 않은 미래를 기대한다. 주민자치회는 그 시작이다.〈2018년 12월〉

민회

2021년 10월 23일 전남 함평군에서 '마을로 행동하고 국가로 모색하며 지구로 상상하라'는 머리구호를 들고 직접민주주의마을 공화국전국민회(약칭 '전국민회')가 창립되었다. 전국민회가 출범하기까지 여러 해 동안 많은 사람들의 노고가 있었다. 전국민회의 출범은 우리 역사에 새로운 장을 만들어 낼 것이다.

민회는 사람들에게 낯선 느낌이 있다. 뭐지? 뭐 하는 데지? 무얼 하는 것인지? 다양한 질문과 느낌이 있을 수 있다. 민회는 민들의 모임이다. 그것도 생활과 정치가 만나는 종합적인 성격의 시민(주민) 모임이다. 민회는 오랜 역사를 가지고 있다. 그리스 폴리스 민회가 있고 로마공화정의 민회가 있었다. 우리의 경우도 화백제도, 동학의 보은민중집회, 집강소, 만민공동회 등 다양한 민회의 사례를 확인할 수 있다.

촛불혁명은 민이 주인으로서 지위와 민이 주인으로서 역할을 확인하고 선언하는 광장이 되었다. 세상의 모든 권력은 썩는다. 모든 권력은 절대 부패할 수밖에 없다. 썩고 부패할 수밖에 없는 권력을 바로 세우고 올바로 나갈 수 있는 힘은 민에 있다. 민이 가만있거나 멍하니 한눈팔고 있으면 권력은 언제든 본색을 드러내고 만다. 이로부터 민들의 역할은 항상 요구된다.

촛불혁명 이후에 주권자전국회의, (사)시민과미래 등 여러 단체들이 민들의 자주적 모임을 만들 것에 대해 논의와 뜻을 모으기 시작했다. 2017~2018년 여러 차례 모임과 교육 등을 통해 기초단위 민회를 만들기는 현실적으로 어려움이 있다는데 의견을 모으고, 광역

단위 서울민회부터 만들기로 하였다. 그 과정에 제주대학교 신용인 교수의 활발한 움직임을 통해 제주도민회를 먼저 창립하게 되었다. 제주민회가 출범하는 기자회견 자리에 3.1서울민회를 준비하던 사람들이 함께 자리하기도 했다. 2018년 12월 5일 3.1서울민회 추진 선포식, 2019년 1월 26일 3.1서울민회 출범식, 2019년 3.1 서울민회 총회를 개최하게 되었다. 3.1혁명 100주년을 맞이한 3.1서울민회 총회는 민의 주인으로서 지위와 역할을 선언하고 확인하는 자리로서 큰 의의를 가졌다.

3.1서울민회 총회 이후에 분과별 활동과 민회 조직의 확대를 통한 전국민회 건설은 중요한 현안으로 제기되었다. 서울 강북구에서 2019년 6월 15일 강북민회 출범식이 진행되었다. 같은 해 도봉구는 6월 26일 민회준비모임을 가졌다. 경기도 남양주를 비롯한 많은 지역에서 민회조직에 대해 고민하고 만드는 노력을 갖게 되었다. 2021년 10월 23일 함평 전국민회의 출범은 이러한 노력과 고민의 결실로 드러나게 되었다. 이제 또 시작이다.

전국민회는 마을단위 다양한 모임의 씨알민회를 인정하고 대표성을 갖는 것으로 하고 있다. 한 마을에 여러 개의 씨알민회를 가질 수 있다. 이러한 씨알민회는 차츰 마을공화국으로 발전할 수 있는 서로의 노력이 필요하다. 문제는 이 모든 일에 누군가 열심을 내서 뛰어야 한다. 활동비나 급여를 줄 수 있는 형편이 아니기에 활동가의 헌신을 요구하고 있다. 아직 민회에 대해 생소하고 만드는데 주동적으로 나서려고 하는 사람들도 부족하다.

갈 길은 바쁜데 일손은 부족하다. 그럼에도 주권자 민의 세상에 대해 많은 사람들이 공감한다. 직접민주주의, 마을공화국, 민회에 대해 이해하고 인정하고 있다. 행정에서 하고 있는 주민자치회가 제대로 역할하고 발전하기 위해서라도 민의 자주적 모임으로서 민회가 필요하다. 직접민주주의 마을공화국 민회로서 주권자(주민, 시민, 국민) 지위와 역할을 높여 나가는 일은 세상을 변화하고 바꿔가는 일이다.

민회는 시민운동이 아니다. 시민운동은 사회를 개선하고자 하는 성격이라면, 민회는 주민권력을 만들어가는 직접민주주의 자치와 정치운동의 성격을 가진다.

민회는 정당이 아니다. 정당은 선거 또는 폭력적 혁명을 통해 국가권력 쟁취를 목적으로 한다. 지금에 이르러서는 좌파우파 정당 모두 선거 대의제라는 간접민주주의로서 권력을 취하는데 목적을 두고 있다. 민회는 주민자치, 주민권력에 기반한 마을이다. 직접민주주의 마을공화국으로서 지역과 마을이며 연방이다. 중앙집권 중앙집중은 직접민주주의 민회와 다르다.

민회는 전유물로서 계급운동이 아니다. 현실 사회주의권이 몰락하고 세계는 노동자와 자본가라는 계급의 적대적 대립만으로 모든 걸 풀어나가기 어려운 시대에 이르렀다. 인공지능, 4차 산업혁명은 계층 계급 구성에 있어서 대단히 복잡하다. 기존의 생산직 노동은 많은 부분에서 뒷전으로 밀려나 있다. 이미 인지자본주의 성격이 두드러지고 있다. 애플, 페이스북, 마이크로소프트, 아마존, 카카오, 네이버, 쿠팡 등 많은 부분에서 산업자본주의와 다르게 나타나고 있다. 민회는 마을에서 다양하고 복잡한 현안을 종합적으로 해결해 나가야 한다.

민회는 자치와 분권, 연방이다. 민회는 추첨제 직접민주주의이며, 생활과 정치의 모든 영역을 주민 스스로 해결해 나가는 운동이다.

노조, 시민단체 등 추첨제를 실현하자

선거는 자본제(귀족정)다. 선거는 돈 있고 권력 있는 놈이 이기는 게임이다. 노동자, 농민 등 사회적 약자가 이기기 어렵다. 선거는 내가 똑똑하고 능력 있고 상대는 모자라고 무능력하다는 걸 주장하고 입증하기 위해 최선을 다한다. 그 과정에서 이기기 위해 상대의 흠이란 흠은 모두 드러내야 한다. 더 나아가 없는 것도 만들고 조작한다. 선거는 결국 심각한 상처와 갈등을 낳게 된다.

선거는 출발에서 특정 집단, 세력의 이익을 갖고 있다. 후보의 차이는 실질에서 큰 차이가 없다. 어느 세력과 집단의 이익에 충실할 것인가에 피 터지는 싸움을 한다. 선거는 본질에 있어 마을과 인민을 중심에 두고 있다고 보기가 어렵다.

이로부터 선거는 가짜민주주의라고 말해도 무방하다. 선거대의제는 근대 귀족정, 부르조아지 체제라 할 수 있다.

촛불혁명은 주권자, 시민이 국가이고 권력의 뿌리임을 확인하는 광장이었다. 더 이상 정치(통치)와 권력을 대의제에 위임하는 시대가 아님을 확인할 수 있었다. AI인공지능, 4차 산업혁명은 마을민주주의, 직접민주주의를 해낼 수 있는 충분조건으로 작용하고 있다.

주권자 민의 통치를 명확히 한다면 누가 위원장을 하고 회장을 하고 이사장을 하는가는 그리 중요하지 않다. 오히려 추첨제 직접민주주의는 제도적으로 장의 권한에 한계를 두고 있다. 이사회, 대의원회, 상집, 의회, 집행부서 등 직접민주주의로서 기능을 명확히 하고, 그에 따른 교육 등 과정을 제대로 설치하고 운영한다면 누가 회장, 위원장을 하느냐 문제는 그리 중요하지 않다. 못하는 사람은 언제든 끌어내릴 수 있고, 내려와야 한다. 모든 권력은 조합원, 회원들에게 있기 때문이다.

조합과 시민단체 운영에 회원과 운영위원회, 이사회, 대의원회 등 기능을 분명히 한다면 회장, 위원장을 누가 하든 그 사람은 조합과 시민단체 이익과 활성화를 위래 복무할 수밖에 없다. 이를 위해 추첨제는 직접민주주의의 핵심원칙으로 작용한다. 사다리타기, 윷놀이 등 추첨제로 장을 선출하면 선거에 따른 모든 갈등과 상처, 후유증을 없앨 수 있다.

추첨제로 노조와 시민단체 등 모든 기관의 장을 선출하기 위해서는 그에 따른 교육과정을 밀도 있게 집행할 수 있어야 한다. 장으로서 임무를 하는데 하자가 없도록 훈련과정(교육)은 필요하기 때문이다. 선출된 이후에도 분기별 또는 전후반기 의무교육을 이행하게 강제할 수 있어야 한다. 이런 교육(훈련) 과정을 이행하지 않는 사람은 장으로 추첨에 참여할 수가 없으며, 의무교육을 이행하지 않는 경우에도 당연하게 장의 자리에서 정리되는 것으로 회칙(정관)을 만들어야 한다.

추첨제 직접민주주의는 단결과 연대의 기운을 높일 수 있다. 추첨민주주의는 축제의 기능과 문화를 높이는 것으로 작용한다. 추첨제와 아래로부터 보충성의 원리, 중앙 집중이 아닌 수평 연방주의(네트워크) 원칙을 모든 조직의 기본원칙으로 직접민주주의를 구현해 나갈 수 있기를 바란다.

천박한 도시 서울공화국 해체

누군가 그랬다. 서울은 천박한 도시라고, 그 말에 공감하지 않을 수 없다. 헬조선 천민자본주의 상징체로서 서울은 천박하다. 돈과 탐욕의 화신으로서 소돔과 고모라에 충분히 비견될 만하다. 북한산 관악산, 인왕산 백악산, 대모산 등... 산에 올라보면 서울의 천박함을 확인할 수 있다. 그 천박한 도시 서울이 한국을 기형으로 만들고 있다. 지역(지방)을 죽이고 있다. 결국은 서울도 죽이고 말 것이다. 서울은 천박한 아파트공화국이다. 서울은 아파트로 대변되는 돈과 권력이라는 탐욕의 도시다. 그 외에 무얼 찾기가 어렵다. 아파트 공화국을 해체해야 한다. 문화재(궁, 릉, 역사유물), 산으로부터 직선거리 1Km 이내에는 고층 건물을 짓지 못하게 해야 한다. 특정지역을 제외한 모든 지역에 엘리베이터를 설치해야 하는 5층 이상의 빌라, 아파트를 짓지 못하게 해야 한다. 시골의 그 넓은 땅에 굳이 아파트를 지어야 할 이유가 무엇이 있는가? 서울공화국은 헬조선의 상징이다.

헌법 제 123조 2항에 국가는 지역 간의 균형 있는 발전을 위하여 지역경제를 육성할 의무를 진다고 되어 있다. 그러나 현실에서 헌법은 사기다. 지역균형 발전은 갈수록 서울발전으로 귀결되고 있다. 지방경제 활성화는 갈수록 지방경제 피폐로 나타나고 있다. 지방은 서울의 빨대다.

서울공화국 서울, 경기, 인천의 면적은 한국의 십분의 일 정도다. 그 땅에 한국 인구의 절반이 살고 있다. 지방 소멸은 현실이 되고 있다. 군 단위 지역은 서울 면적의 땅에 겨우 3,4만 5,6만의 주민이 살고 있다. 2030년이면 지방의 여러 군이 인구가 없어서 행정지명이 사라질 형편이다. 내가 살았던 전북 고창도 80년도에 18만 군민이었으나 지금은 5만이 조금 넘는다. 전라북도 도민은 3백만이었으나 지금은 2백만이라 한다. 백만이 줄었는데 전주, 익산 등은 인구가 늘었다. 도내에서도 인구 편중현상이 있다. 당연히 군 지역은 인구가 완전히 쪼그라들고 있다. 서울의 출산율은 전국에서 가장 낮다. 그런데도 인구가 늘고 있다. 지방의 인구가 그만큼 서울로 집중되고 있다는 반증이다.

한국의 모든 것은 서울로 집중이다. 정치, 경제, 사회, 문화 뭐 어떤 것 하나 빠지는 것이 없다. 서울의 아파트 한 채는 지방의 집 열채를 산다는 말이 있다. 아파트 한 평이 억 원을 넘어서고 있다. 투기공화국의 정점에 서울공화국이 자리하고 있다.

정치는 한국에서 하는 것이 아니다. 서울에 정치가 있다. 중앙당은 서울에 있어야 한다. 그 정치에 조응하는 재벌, 기업의 본사는 전부 서울에 있다. 지역의 공단에 있는 회사도 본사는 서울이다. 사정이 이러하니 모든 것은 서울로 빨려든다.

언어, 문화 등 모든 것은 서울을 전제로 당위로 한다. 지방은 사투리이고 변방으로서 들러리에 지나지 않는다. 대학은 서울이다. 지방은 싸잡아 잡대로 능욕되고 있다. 지방의 인구감소는 지방의 학교, 대학마저 폐교로 놓이게 하고 있다. 그런데도 정치하는 거대양당은 서울공화국을 향해 달리고 있다. 입으로는 지역균형발전, 지역경제 활성화를 말하지만 실질로 그들이 하는 정책은 서울공화국 확대, 강화다. 서울의 교통망은 지금도 너무 좋다. 지하철이 끊기는 자정을 넘겨도 심야버스가 있다. 그것도 아니라면 택시를 타면 된다. 사정이 이러한데도 GTX, GTA 등 서울을 가로지르는 동서, 남북 초고속전철 30분 주행을 자랑하고 있다. 미쳐 가는데 미치고 있음을 모르고 있다. 지방의 군은 6~7시면 버스가 막차다. 사정이 이러하다보니 가족 수별로 승용차가 있어야 한다. 서울공화국에 투자, 정책은 끝내야 한다. 그럴 돈이 있으면 지역으로 몽땅 돌려라. 말만이 아니라 지역경제, 지역균형 발전을 하라.

서울은 문학, 연극, 영화, 무용, 극장, 방송, 도서관 등 모든 문화의 절대 패권을 행사하고 있다. 상황이 이러하다보니 서울은 일자리에서도 절대 우위를 점하고 있다. 일자리가 지방이면 무언가 모자라거나 부족한 것으로 인식되는 경향마저 있다.

서울은 의료, 보건에서도 절대적이다. 지방의 사람들은 서울에서 치료를 받아야 안심하는 풍조다. 이 모든 서울공화국을 위해 언론(기레기), 교육(지레기) 등은 충실하게 역할을 한다. 그 작두 위에서 정치인들은 조금에 의심도 없이 서울공화국을 향해 달리고 있다.

천박한 도시 서울을 더 이상 이렇게 놓아두어서는 안 된다. 서울공화국은 해체해야 한다. 그래야 지역균형 발전, 지역경제 활성화 등 한국이 골고루 바르게 성장하고 잘 살 수 있다. 서울공화국 해체를 위해 서울대를 지방의 국립대와 연동해 국공립네트워크 서울대로 단일화해야 한다.(이름은 어떻게 해도 좋다.) 서울대의 해체는 교육의 평등성과 교육의 부조리와 부패를 해소할 수 있다. 한국의 학벌체제는 재벌체제만큼이나 왜곡되고 굴절된 기형이다. 학벌체제의 정점에 있는 서울대의 해체는 국공립대의 통일로 해낼 수 있다. 더 할 수만 있다면 서울에 있는 주요 사립대를 지역으로 보내야 한다. 서울에서 지리적으로 먼 곳이면 좋다. 그만큼의 국가적 지원을 주면 된다. 서울의 대학 하나가 지방으로 갔을 때 유무형의 효과는 엄청나다.

모든 회사의 본사는 생산거점 지역으로 옮기도록 법제화해야 한다. 생산거점에 본사는 돈을 번 지역에서 돈을 유통하게 만든다. 정치와 경제의 유착을 차단할 수도 있다. 재벌을 비롯한 본사의 생산거점으로 이전은 지역의 모든 것을 순환하게 만들 수 있다. 조그만 땅에서 본사가 굳이 서울에 있어야 할 이유가 없다. 정경유착 군사독재의 잔재다.

농민(축산), 어민, 산림 등 가구별 시골살이가 가능하도록 만들어야 한다. 기본소득 등 다양한 이름으로 지원해야 한다. 동일노동 동일임금 동일복지 등 학력에 따른 모든 차별을 강력하게 금지해야 한다. 힘들고 더러운 노동일수록 고임금을 받아야 한다.

　이 모든 것의 전제는 서울공화국 해체라는 인식을 가져야 한다. 10년 또는 20년 기간을 설정해서라도 사용가능한 자원을 모두 지방(지역)에 투자해야 한다. 더 이상 서울공화국(서울, 경기, 인천)에 인프라 등 모든 투자를 금지할 필요가 있다. 서울에 예산 배정은 철저히 지방(지역)에 대한 후순위로 잡히고 책정돼야 한다. 서울공화국 해체 없는 모든 정책은 결국 한국의 기형이며 자멸이다.
서울공화국의 해체는 직접민주주의 마을공화국의 건강한 토대를 만들 수 있다. 직접민주주의 마을공화국은 서울공화국을 해체할 수 있다. 중앙집권의 수직적 체계는 민주주의로서 거리가 멀다. 중앙집중권력 체계를 해체해야 한다. 수평적이고 전국적(네트워크)이어야 한다. 직접민주주의 마을의 자주자립을 기본으로 보충성과 연방제(네트워크) 마을공화국은 아파트로 대변되는 천박한 도시 서울공화국을 해체할 수 있다.

"내가 가난한 사람들에게 먹을 것을 주면
그들은 나를 성자라고 부른다.
그런데 내가 왜 그들이 가난한가 하는 이유를 물으면
그들은 나를 공산주의자라고 부른다."

헬더 까마라 대주교 (1909.2.7~1999.8.27.)

학교는 놀이터

  당신이 가라고 했다. 아이들 학교에 나도 한 번 가보라고 한다. 늘 자기가 갔기 때문에 이번에는 나보고 가라고 했다. 학교 가는 일이 뭐 어려운 일인가! 나는 알았다고 했다.

  나는 잘 모르는 사이에 이런저런 이유로 학교 가는 일도 스트레스였던 것 같다. 학교가 어떤 상황에 놓여 있는지, 그런 학교를 왜 가야 하는지, 그래서 학교라는 곳에 특별한 기대를 하지 않고 있었다.

  현이가 초등학교 4학년 때 일이었다.(벌써 10년도 훌쩍 지났다.) 다음 날 학교 수업이 끝난 시간에 선생님을 만났다. 선생님은 현이가 수업 준비물 등 준비를 잘하고 수업에 집중할 수 있도록 했으면 좋겠다고 했다. 선생님의 생각이나 입장을 기본적으로 이해하기에 공감의 의사표시를 했다.

  선생님과 대화는 조금 더 진행되었다. 나는 평소에 내가 가지고 있는 학교에 대한 생각과 수업에 대해 이야기를 했다. 선생님, 학교는 재미나고 즐거운 곳이어야 한다. 아이들이 학교 가는 것을 좋아라하고 행복할 수 있어야 한다. 친구들과 신나게 뛰놀 수 있으면 좋겠다. 학교가 공부에 지치고 구속과 간섭으로 지겨운 곳이 되어서는 안 된다. 현이가 1등 하는 것을 원하지 않는다. 꼴등을 해도 상관없다. 학교 수업이 끝나고 교문을 나서면 아이들은 공부에서 해방될 수 있어야 한다. 숙제 이런 것도 좀 내주지 않았으면 한다. 점수 올리는 시험도 없었으면 한다. 공부는 재미로 할 수 있어야 한다. 선생님은 어느 정도까지 아이에게 했으면 좋겠냐고 했다. 나는 최대한 지켜보고 아이들의 자율성이 커지도록 했으면 좋겠다. 성적이나 준비물 등으로 아이에게 야단을 치거나 혼내지 않았으면 좋겠다. 가급적 지켜보고 응원해주시면 좋겠다고 했다.

상상만 해도 즐겁고 재미나는 학교일 수는 없는가?
아니 내가 미친놈일 것이다. 성적 하나로 평생의 인생을 결정짓는 한국에서 이런 황당한 이야기를 하는 학부모라니, 너무 황당하고 난감한 표정이었다. 나는 아이들이 신나게 뛰어 놀 수 있는 학교이기를 꿈꿨다. 행복은 성적순이 아니라고 영화도 있고 말도 많지 않은가. 그렇게 아이들은 자랐다. 어쩌면 그렇게 키운 내가 세상물정 모르는 짓이라 손가락질 하는 사람들도 있을 것이다. 그래 그러면 좀 어떠랴. 모두가 돈 벌고 출세하자고 난리치는 세상에서 누구는 좀 가난하고 권력 없고 출세 좀 못하고 그렇게 살면 안 될까?
'방목'이라고 하던가. 그래 그랬다. 그렇게 방목이었다. 세상은 얼마나 복잡하고 다양한가? 세상에 똑같은 사람은 한 명도 없다. 수십 억의 사람은 그 자체로 존귀하고 그 존귀함은 있는 그대로 자율과 창의의 삶을 살 수 있어야 한다. 직업의 귀천과 차별이 없는 세상은 학교에서 학습되어질 수 있어야 한다.

'뭐든지 학생들 마음대로 할 수 있는 학교, 시험도 없고 숙제도 없고, 공부하기 싫으면 수업 시간에 들어오지 않아도 되는 학교'

아! 상상만 해도 재미나고 즐겁고 행복하다. 학교!

사랑하는 아들 준에게

아빠가 준이에게 뜬금없이 편지를 쓰려니 어떤 말을 써야 하나 쉽지 않다는 생각이 든다. 준아! 준이도 이제 조금은 무언가 어렴풋이 느끼고 알 있지 않을까. 아빠나 엄마가 조금은 남다른 면이 없지 않다는 것을...

당장에 아빠의 교육철학이 아이들에게 '공부' 소리 하지 않는 것이잖아! 그래서 어쩌면 너와 현이는 이를 너무도 적절히 애용하고 있고... 주변에서 자식에 대한 교육철학이 '공부' 소리 하지 않는 것이라고 하는 아빠는 찾기가 쉽지 않을 것이다.

보통 '공부'라고 하는 말의 이면에는 돈 벌고, 출세하고, 성공하라는 말을 내포하고 있다고 할 수 있을 거야! 근데 아빠는 준이가 돈 벌고, 출세하고, 성공하라는 세상의 속설보다는 사람들과 더불어 나누고 느끼고 행복해지는 삶을 살았으면 하는 바람이다. 그렇지 않아도 공부로 지쳐나가는 아이들에게 조금이라도 편안함을 주기 위해 그런 것이라고 생각하면 될 거다.

준이는 추운 겨울날 태어났다. 참 눈이 많이 왔다. 많이 쌓인 눈길을 엄마랑 걸어서 병원에 갔었다. 할머니, 할아버지, 외할머니, 외삼촌 등 많은 사람들의 기쁨과 축복 속에서 우리 준이는 눈이 많은 날 행복하게 태어났다. 너무 예쁘고 사랑스럽고 그 옆에 실핏줄이 터져서 힘들어 하는 엄마가 흐뭇하게 웃고 있었다.

우리 준이는 장난꾸러기 기질이 있다. 속과 겉이 다르지 않아서 밝게 꾸며지는 장난이 있다. 서울에서 안양으로 이사 갔을 때

22개월 된 준이가 철봉에 매달려서 어떻게 해보겠다고 앙앙거리던 모습이 선하다. 땅바닥에 앉아서 무언가 고민하고 표현하고 싶어 하는 표정으로 세상을 응대하던 준이는 그 자체로 사랑이다.

우리 준이는 정이 참 많다. 안양에서 서울에 왔다가 내려갈 적이면 할머니, 할아버지와 헤어지기 싫어서 우리 준이는 참 많이도 울었다. 지금도 준이는 할머니, 할아버지를 참 많이 사랑한다. 작은 감정을 터치해도 그냥 눈물이 앞서는 우리 준이는 착하고 정이 많아서 행복하고 잘 살 거라는 생각을 하게 한다.

시험기간이 닥치면 날개가 꺾이는 우리 준이를 보면서 아빠는 행복하기도 하고, 허허 그 놈 하는 생각도 든다. 평소에 놀아주던 친구들도 시험기간에는 공부한답시고 준이를 만나주지 않으니 우리 준이는 날개가 꺾이고 시험기간이면 묘한 공허감에 빠지게 된다. 아빠는 친구들과 잘 어울리고 놀 줄 아는 준이가 행복해 보여서 좋다. 세상 큰 근심 없이 밝고 환하게 주변과 함께 할 줄 안다면 분명 준이는 행복한 인생을 살 거다. 아빠는 그렇게 믿는다.

스타그래프트를 좋아하는 준이가 이렇게 진로교육에도 열심히 참여하니 아빠는 얼마나 기분이 좋고 흐뭇한지 모르겠다. 아빠도 부모이다 보니 조금은 네가 세상 살아갈 수 있는 밑천을 찾았으면 하는 바람이 있기 때문이다. 마냥 스타그래프트만 하거나 놀면서만 살 수는 없잖아! 준이가 좋아하는 거, 잘하는 것 속에서 어른이 되어도 즐겁고 재미나고 행복하게 살아 갈 수 있는 삶의 밑천이 있어야 하거든.

군대는 어떻게 하면 사람을 잘 죽일 것인가를 연구하고 훈련하는 곳이기 때문에 군대를 정말 가지 말았으면 하고 간절히 바라는 아빠! 그래서 중학교 졸업만 하고 고등학교에 안가는 건 어떠냐고 묻는 아빠! 대학은 꼭 가야하는 곳이 아니라는 아빠! 대한민국에서 대학은 개나 소나 다니는 곳이기 때문에 우리 아이들이라도 가지 않을 수 있으면 가지 않아도 된다는 아빠! 너희들이 대학을 가더라도 입학금만 주고 나머지 과정은 벌어서 다녀야 한다는 아빠! 입학금으로 대학가지 않고 세계배낭여행을 가면 좋을 것이라는 생각을 하는 아빠!

이제 멋 내기를 좋아 하는 순수하고 솔직한 준이!

성질 급한 아빠로부터 혼도 나지만 아빠는 세상에서 그 누구보다 우리 준이를 사랑한다. 기실 너희들이 아직은 잘 모르겠지만 아빠가 너희들에게 야단치고 나면 아빠의 속마음이 절망의 나락으로 떨어지게 된다. 반성도 하지만 쉽지가 않구나! 키도 훌쩍 크고 힘도 세져서 이제는 아빠가 해야 할 일들을 대신해서 많이 하게 된 준이. 친구들과 이웃들에게도 재미와 기쁨, 즐거움, 행복을 나눌 수 있는 멋진 사람으로 커나가길 바란다. 뽀뽀하고 사랑한다. 준아!

2011. 6. 4.

아빠가!

(참교육학부모회 동북부지회에서 진행한 '진로교육'의 프로그램 과정에 중2 아이에게 쓴 편지...)

아빠는 여러분의 투쟁을 지지

딸은 어렵게 대학에 갔다. 학원을 다니지도 못했고 과외는 언감생심 꿈을 꿀 수 없었다. 엄마, 아빠의 정보나 돈은 없었다. 딸은 혼자 오롯이 고등학교 3년을 준비했다. 성적도 다양한 경력(스펙)도 혼자서 준비했다. 모든 걸 혼자서 해야 했으므로 힘이 들었지만 인내하고 견디는 수밖에 없었다. 그렇게 딸은 서울대학에 갔다. 도봉이라는 지역사회에 나름 유명세를 탈 수밖에 없었다. MBC에서 학원과 과외를 하지 않고 대학에 갔다는 뉴스를 타기도 했다. 2013년에 들어간 딸은 2021년에 졸업을 했다. 엄마, 아빠의 대를 이어 졸업을 못하나 생각도 들었다.

2017년 어버이날에 딸은 축사(연대사)를 부탁했다. 살짝 망설임도 있었지만 흔쾌히 딸의 부탁을 수락했다. 아래는 어버이날 학생들 집회에서 발언한 대강의 요지다.

안녕하세요. 사회대 학생회장 진이 아빠 강현만입니다. 반갑습니다.

오늘은 어버이 날입니다. 어버이날 이렇게 좋은 선물을 주신 여러분들에게 진심으로 고맙습니다. 그리고 사랑합니다.

청년학도 여러분들이 하고 있는 시흥캠퍼스 철회, 총장 퇴진 투쟁은 누가 뭐라고 해도 정당하고 훌륭한 일입니다. 아빠는 응당 응원합니다.

사랑하는 청년학도 여러분, 세월호에서 304명의 목숨이 죽었습니다. 구의역 특성화고 학생이 죽었습니다. LG마케팅 여고생이 죽었습니다. CJ ENM에서 한빛이 죽었습니다. 우리 사회는 왜 이렇게 젊은 청년과 학생을 죽음으로 내몰고 있는 걸까요?

민주주의는 투쟁의 역사입니다. 인류역사는 투쟁의 역사입니다. 투쟁은 민주주의이고 민주주의는 투쟁입니다. 거저 주어지는 것은 없습니다.

시흥캠퍼스 이전은 대학이 영리 기업화되고 있음을 보여주는 것에 지나지 않습니다. 그것도 구성원들의 이해와 요구는 전혀 수렴하지 않은 채 말입니다. 대학의 법인화는 그 시작이었습니다. 모든 대학을 공립화, 국립화해야 하는 마당에 대한민국의 새누리이명박근혜는 대학을 재벌의 아가리에 갖다 바치는 일에 혈안이 되었습니다. 시흥캠퍼스 이전 문제는 대학과 재벌, 시흥시 민주당 국회의원, 시장이 합작한 대학의 기업화, 영리화 그 이상도 이하도 아닙니다. 순실이박근혜의 하수인에 지나지 않는 총장과 이사회는 이번 문제 해결을 위해 총사퇴하고 대학의 정상화를 위한 대책위를 구성해야 합니다.

여러분들의 투쟁은 승리해야 합니다. 설사 승리하지 않더라도 당당하게 싸우고 최선을 다해야 합니다. 물리적 힘과 함께 대국민 여론전에 힘을 쏟았으면 합니다. 서울대동문회, 민주동문회, 교수협의회, 대학원 등 적극 홍보해야 합니다. 페이스북, 카카오스토리, 밴드, 단체톡, 단체텔방 등 모든 영역에 걸쳐서 서울대투쟁의 상황을 홍보하고 지지를 촉구해야 합니다. 민주당을 비롯한 제 정당에도 서울대 문제 해결을 위해 나서 줄 것을 강력히 촉구해야 합니다. 민주당의 국회의원과 시장이 재벌과 서울대를 움직이는데 적극적이기 때문입니다. 필요하다면 민주당사 점거농성도 할 수 있습니다.

마지막으로 여러분들이 가는 길에 양심과 정의, 역사의식이 함께하길 바랍니다. 서울대라는 기득권, 소위 말하는 급에 연연하거나 비교하지 말기를 바랍니다. 여러분들이 비춰보아야 할 거울은 양심과 정의, 역사의식입니다. 그 길에 당당한 주체이기를 바랍니다. 때론 어려움도 있습니다. 슬픔과 고통도 있습니다. 그러나 인간이라는 자아를 가져야 합니다. 결코 김기춘, 우병우, 조윤선 따위가 되어서는 안 됩니다. 낮은 자, 약한 자, 소외된 자와 함께 해야 합니다. 싸움에 어려움과 고초가 있다고 하더라도 해내야 하는 싸움입니다. 민주주의는 투쟁의 역사입니다. 인류역사는 투쟁의 역사입니다. 투쟁은 민주주의이고 민주주의는 투쟁입니다. 안중근장군의 마리아 어머님처럼, 전태일 열사의 이소선 어머님처럼 여러분들의 아빠이고 어른으로서 저는 여러분들의 투쟁을 적극 지지합니다. 응원합니다. 여러분들의 요구가 있다면 언제든 함께 하도록 하겠습니다. 고맙습니다.〈2017. 5. 8.〉

쉽지 않은 정답

　자식을 키운다는 것은 무엇이 정답이라고 말하기가 참 어렵다. 자식 농사는 세상의 그 어떤 농사보다 어렵다. 인간의 역사가 시작되고 세상의 모든 부모들이 하는 말이다. 부모들은 자식 앞에서 쩔쩔맨다. 이제 아이들은 고등학교를 모두 졸업했다. 딸은 아직 학교(대학원)를 다닌다. 둘째는 스스로가 좋아하는 직장(아르바이트)을 찾는 중이다. 셋째는 친구들보다 늦은 군 입대를 앞두고 있다. 셋의 개성은 각자 다르다. 누가 재미나고 즐겁고 행복한 삶을 살지는 모르는 일이다. 당당하고 아름다운 인생을 살았으면 좋겠다.

　고등학교까지도 방목으로 자란 아이들이다. 이제 커서 성인이 되었으니 더욱이 뭐라 할 수가 없다. 그저 지켜보는 수밖에 없다. 물론 엄마, 아빠가 가지는 교육 생각이 있었고 작용했다. 아빠 교육의 중심에는 노동자, 노동자성이 자리하고 있다. 활동가는 평등과 해방을 꿈꾸는, 꿈을 먹고 사는 사람이다. 그런 사람이기를 간절히 바라는 마음이다. 소외된 이웃과 약자와 연대하고 세상에 맞설 수 있기를 바라는 사상이다.

　그렇다고 아이들이 아빠를 얼마나 이해할 수 있는지는 알 수 없다. 오히려 삶의 고비, 고단함이 때로 아이들에게 상처로 부딪치곤 했다. 가족은 세상에서 가장 가까운 인격이고 관계다. 가족은 허물없고 가깝다. 그렇다고 가족에 함부로 할 이유는 없다. 머리는 분명 이성이다. 그래서는 안 된다고 말한다. 정작 그 상황이 닥치면 성질과 감정을 누그러뜨리지 못한다. 다른데서 드러나지 않는 행동이 가깝다는 이유로 함부로 드러난다. 자식들 앞에 서면 작아진다. 작아지니

지켜볼 도리밖에 없다.

　부모님 앞에 자식이고, 자식 앞에 부모가 된다. 어느 것도 쉽지 않다. 어렵다. 마음은 늘 잘하려고 생각하고 준비하지만 현실은 다르게 나타나는 일상이다. 다행히 아이들 모두 성인이 되었다. 진, 준, 현이 각자의 인생과 삶을 살아가면 된다. 나는 지켜보고 응원하는 역할이다. 아직도 내공쌓기가 부족하다. 도를 닦는 일은 죽을 때가 되어서야 끝날 일이다.

철들다

에고 쯧쯧, 이리 철이 없어서야. 나는 언제나 철이 드려나! 저 인간은 철딱서니가 없어. 철들자 망령이다. 죽을 때 철들고 철들면 죽는다.

철들기가 얼마나 어려우면 철들면 망령이 나고 죽기까지 하는가. 그도 그럴 것이 광장에서 성조기, 일장기, 이스라엘기 들고 악다구니를 부리는 어버이연합이나 엄마부대를 보면 능히 고개가 숙여진다. 자식을 읽어 버린 사람들 앞에서 짜장면, 짬뽕, 피자를 개돼지처럼 먹어대는 사람들에게 과연 철이라는 걸 기대할 수는 있을까 묻지 않을 수 없다. 이런 인간들을 철들게 하느니 개돼지를 철들게 하는 것이 빠를지도 모를 일이다.

철들었다는 말에는 여러 가지 의미가 있다. 우선 때에 맞는 행위를 한다는 의미가 있다. 사춘기 10대를 지나서 어른 대접을 받는 성인이 되었는데도 여전히 사춘기 10대와 같은 행동에 머문다면 철없다는 소리를 들을 수밖에 없다. 그 나이에 비해 성숙한 마음과 행동을 하면 철이 들었다는 소리를 자주 듣게 된다.

철들었다는 말에 본성은 내편이 누구인가를 제대로 아는 것이라 할 수 있다. 여기서 내 편, 네 편은 사적이익, 탐욕에 기반한 편을 말하는 것은 아니다. 철들었다는 의미에서 편은 사회적 측면과 공적 이익의 성격을 갖는다. 노동자가 노동자의 이익을 앞세우는지 아니면 사용자의 이익을 앞세우는지에 따라 그 노동자는 철들었는지 아니면 정신 못 차린 노동자인지 알 수 있다. 노동자이면서 노동자의 파업을 이해하거나 공감하지 못하고 자본가와 정부의 입장에서 노동자를 비난하는 자는 철없는 것이다. 이런 모습은 농민도, 학생도 마찬가지다. 온몸을 돈으로 도배를 하고 다니는 매국노와 독재자 집단을 지지하는 사람들은 철들지 못하고 있다. 사람이 여러 가지 환경으로 가방끈이 짧아서 무식할 수는 있지만 무지해서는 곤란하다. 철든 사람이 되기 위해서 내가 서있는 집단(세력, 조직)에 대한 이해와 사상의식이 필요하다.

철들었다는 말은 내 이익을 분명히 알 수 있어야 한다. 물론 이때 이익은 편과 사상의식에 기초한다. 위선과 가식, 내로남불의 진영 논리는 결코 내 이익에서 출발하지 않는다. 다분히 관념적 경향성이다. 진영은 그 진영으로 이익을 취하고자 하는 개인이나 세력에 의해서 논리가 만들어지고 유포된다. 진영 논리는 곰곰이 따지고 생각해보면 내 이익보다는 관념적이고 추상적인 선동에 가깝다. 빠와 좀비현상은 주체로서 이익을 명확하게 숙지하지 못한 현상이다. 대단히 왜곡되고 굴절된 현상이다. 관념적이고 추상적인 진영논리는 철듦을 방해한다. 빠와 좀비현상은 철들기를 왜곡한다.

우리는 생각하는 존재로서 사람이기에 돈이 많고 권력을 쥐고 지식이 많아도 철드는 본성에 충실할 수 있다. 편과 이익에 충실한 것이 철드는 것이라고 돈과 권력, 지식을 가진 사람이 자본과 권력, 외세의 이익에 충성하는 것을 철들었다고 할 수는 없다. 철들었다는 말은 자연과 사회, 인간의 본성에 대해 충분한 의식을 가질 수 있어야 한다. 철들자 망령이고 철들자 죽는다는 말은 철든다는 것이 대단히 어렵다는 것을 반증하고 있다.

철드는 일은 인간으로서 본성을 이해하는 일이고 주권자 민으로서 공정과 평등, 정의를 위한 투쟁이다. 해방이다. 철드는 일은 끊임없는 내공쌓기이고 도를 닦는 일이다.

나가며

어느 날부터 덤이라는 생각이 많이 들었다. 아무래도 이명박근혜 정권의 퇴행으로부터 덤에 대한 집중이 더해지지 않았나 생각된다. 87년 6월 항쟁으로 조금씩 쌓아 올리던 역사의 진전이 와르르 무너지는 상황에 놓이게 된 것이다. 역사의 퇴행은 내 인생의 퇴행으로 작용하였다. 그간의 삶이 송두리째 벗겨지는 느낌이 되었다. 다른 한편으로 진보정당 민주노동당의 분열과 와해가 작용했다. 민주노동당의 분당은 20년의 역사가 후퇴하는 느낌이 들었다. 그리고 통합진보당의 깽판은 진보정당이 망가지는 것으로 다가왔다.

학생운동, 노동운동, 진보정당운동으로 나아가던 길은 진보정당의 분열과 와해로 잃어 버렸다. 길이 사라지고 말았다. 거처할 곳이 없는 영혼이 되었다. 영혼은 피폐해지는데 주체의 진영은 치고 박고 싸우는데 정력을 소비했다. 여전히 진행형이다. 그렇다고 세상이 멈춰 서겠는가! 민중의 거대한 역사는 언제나 흐르고 있다. 그 흐름의 높낮이 차이가 있을 뿐이다. 21세기 인공지능, 4차 산업혁명 시기에 정당이라는 대의제는 낡은 것이며 수명이 다한 것으로 드러나고 있다. 어차피 정당이라는 것은 엘리트들의 집단이 아니던가? 이명박근혜를 구속시켰던 촛불혁명은 주권자 정신이다. 주권자 인민이 권력의 주체이고 국가임을 선언했다. 21세기 촛불혁명의 시대는 선거대의제가 귀족정이자 자본제이며 가짜민주주의임을 확인하고 있다.

주권자 직접민주주의 시대정신에도 불구하고 또 다른 한편에서는 진영과 내로남불, 위선과 가식의 탑을 둘러치고 있다. 이들은 불행하게도 지난날 운동을 했다거나 민주진영이었다는 세력으로부터 도드라지게 나타나고 있다. 이들은 김대중, 노무현 정부를 거쳐 문재인 정부에서 정권의 축이 되었다. 이미 기득권의 한축이 되었다. 신적폐가 구적폐를 구분 짓고 대중을 현혹하는 유력한 수단은 진영이다. 진영논리로 무장한다. 이미 기득권이 된 이들을 지배하는 것은 돈과 권력이다. 기득권을 유지하고 지속하기 위해 끊임없이 적을 형상화한다. 적대적이지 않은 세력들이 적대적인 척 하면서 공생을 하고 있다. 하나가 사라지면 하나도 사라질 수밖에 없다는 것을 그들은 너무도 잘 알고 있다. 이들의 적은 북유럽의 우파만도 못하다는 한국의 진보정당이다.

이런 자들에 의해 세상이 재단되고 우롱되고 있다. 최저임금 공약은 허튼소리가 되었고, 중대재해처벌법은 누더기를 만들었다. 주52시간도 탄력근로제로 우습게 만들고, 5인 미만 사업장은 여전히 근로기준법이 없다. 비정규직 파견법은 갈수록 위력을 더하고 있다. 민주노총 위원장 구속을 밥 먹듯이 한다. 노동자를 옥죄고 억압하는데 주저하지 않는다. 토지공개념, 분양원가 공개, 분양가 상한제, 후분양제, 부동산실명제 등 부동산 투기 근절에 합의는 요원하기만 하다. 종합부동산세 납부자를 9억에서 12억으로 완화해 늘리기보다는 줄이기 바쁘다. 양도세도 감면해준다. 종전선언을 추진하면서 미국의 무기를 사들이는데 예산은 늘 넉넉하다. 김정은의 목을 따기 위해 참수부대 예산을 늘리고 있다. 국가보안법은 언제든 공안세력의 칼이 되고 있다. 금강산 관광, 개성공단은 원상회복은 고사하고 열릴 기미가 보이지 않는다. 재벌을 위해서라면 청와대부터 장차관, 말단 관료에 이르기까지 견마지로가 따로 없다. 삼성공화국, 재벌공화국의 강화다. 자본과 권력의 애정은 눈꼴시다. 식민지 시대에 일제의 주구가 있었다면 지금은 트럼프와 바이든의 주구가 있다. 미제의 성주 사드기지도 모자라 부산 해운대구 장산에 공군레이더기지를 설치하고 있다. 부산은 미군의 생화학무기 실험실도 설치되어 있다. 한국은 언제 폭발하고 사라질지 모르는 전쟁무기 진열장이다. 남과 북이 맺은 판

문점선언, 평양선언 등 모든 선언은 휴지조각이다. 애초에 준수하거나 지키려는 생각조차 없는 쇼에 지나지 않았다. 있었다면 백두산 만세 삼창과 능라도 경기장의 평양시민 대사기다. 물론 쇼만큼은 그 어느 마술에도 비교할 수 없다.

남은 것은 매국노독재세력 국민의 힘 부활이다. 이미 대통령이라도 된 것 마냥 범죄자 꼭두각시 후보가 설치는 세상이다.

그럼에도 할 수 있는 것이 별로 없다. 그나마 무언가 할 수 있는 운동진영은 분열된 정당을 따라 찢겨 있다. 민주노총은 대중들로부터 신뢰를 얻지 못하고 있다. 농촌은 역대정권의 파탄정책으로 근거지가 사라지고 있다. 학생운동은 스펙 쌓기에 바쁜 학원이 되었다. 앞으로 나갈 수 있는 돌다리를 놓지 못하고 있다. 촛불혁명의 승리는 잠시이고 울분과 분노는 다시금 쌓이고 있다. 그렇다고 내가 무언가를 하거나 앞장설 처지도 시간도 아니다. 지켜보고 돌멩이 하나 던질 뿐이다. 민주시민교육, 직접민주주의로서 마을공화국전국민회 운동은 열심을 기울여야 한다. 사회적 약자와 소외된 이웃의 목소리에 함께하고 투쟁할 수 있어야 한다.

늘 부끄럽고 미안하고 염치없다. 아름다운 세상을 위해 투쟁하신 모든 분들, 그리고 열사들의 목숨을 담보로 나는 살고 있다. 그렇게 덤을 살고 있다. 투쟁하다가 고초를 겪는 분들과 죽음으로 항거한 열사들 그 모든 자리는 내가 있어야 할 자리였다. 나는 덤만 쌓는 세월에 분노하고 괴롭고 슬프다. 그렇다고 자책과 탓만할 수도 없는 일이다. 역사와 시대를 믿고 민중을 의지하며 꼼지락거린다. 즐거운 상상의 노래를 부르면서... 덤을 잊지 않고서...

덧붙이기, 지난 촛불혁명 시기에 계엄령이 발표되고 탱크가 광화문에 들어오면 맨 앞에서 총이든 탱크든 죽음으로 맞서 투쟁하겠다고 목소리를 높였다. 열사들의 죽음에 내가 할 수 있는 최선이라고 생각했다. 덤으로서 미안함을 정리하는 투쟁일 수 있다고 생각했다. 혹시라도 뒤로 빼거나 도망가지 못하게 으레 뒤풀이에서 여러 사람들에게 목소리를 높였다. 그렇게 박근혜를 탄핵하고 구속시켰다. 그런데 문재인이 사면시켜 버렸다. 촛불혁명에 뒤통수를 치고 훼손만 하다가 임기 말년에 박근혜를 사면했다. 이제 그 자리에 문재인이 남은 기간의 감옥살이를 하면 된다. 좀비시대의 잔인한 일상이자 화려한 임기의 끝이다. 용서가 되지 않는다. 촛불을 짓밟았다. 배신의 정점을 찍었다. 위선과 가식의 내로남불 진영의 본색이다. 그놈이 그놈인 적대적 공생관계로서 철거 대상이다. 헬조선을 벗어나는 시작점이다.

「여러분의 원고를 기다립니다」

♣ 덤이 출간 책

강현만 시집 '덤'

이정예 작가
'아들에게 보내는 로망'

황산/한선희/한병기/최원녕/추연순
조계경/손근희/박정근/박인기/박민숙
박명아/명노석/김진택/김성호/강현만
'금빛수다'